さよなら校長先生

瀧羽麻子

さよなら校長先生

CONTENTS

装丁・目次・章扉デザイン：小川恵子（瀬戸内デザイン）
装画・章扉絵：森　優

1 コンパス

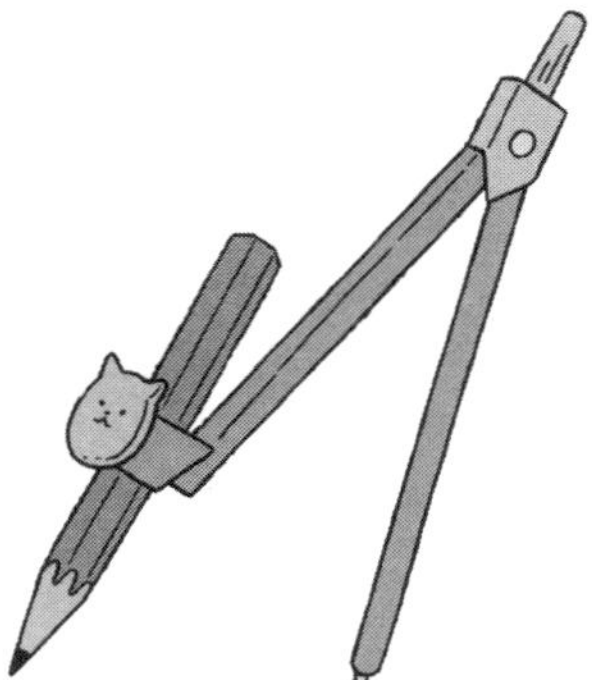

その訃報《ふほう》は、小学一年生の孫娘によって信介《しんすけ》のもとにもたらされた。

九月の初日、おもての道がにぎやかになったのは、正午の少し前だった。客を送り出したついでに、店先から外をのぞいた。ランドセルを背負った子どもたちが、てんでに喋《しゃべ》りながらぞろぞろと歩いていく。

この商店街は、同じ町内にある市立第三小学校の通学路にあたっている。児童も保護者も近隣の住民も、三小、と略して呼ぶ。数十年前には信介自身も通った学校だ。子どもの数は半減し、一学年あたり四クラスの編成が二クラスになって久しいと聞くが、それでも登下校の時間帯には、小鳥のさえずりに似た甲高《かんだか》い声が店内まで届く。やかましすぎて少々辟易《へきえき》するときもなくはないものの、ひと月あまりの夏休みを挟んだからか、今日はなんだかなつかしく感じる。

レジ台に戻ったところで、入口のガラス戸ががらりと開き、リナが駆けこんできた。

「ただいま」

藤色のランドセルがかたかたと軽快なリズムを刻む。華奢《きゃしゃ》な体にはまだ大きすぎ、背負っているとも背負われているともつかない案配《あんばい》で、ごろんと後ろにひっくり返りそうで危なっかしい。もっとも、近頃はこれを藤色とは呼ばないそうだ。ラベンダー色だよ、と本人にまじめくさった顔で訂正された。信介が孫と同じ年頃だった時分には、ランドセルといえば男子が黒で女子は赤と決まっていたものだけれど、今どきは色とりどりだ。とはいえ、華やかな色あいはもっぱら女児が独占し、男児のほうは黒っぽい色が多い。

「おかえり」

応えた信介の横をリナは小走りに通り過ぎ、奥ののれんをくぐった。軽い足音が階段を上っていく。

梅本《うめもと》酒店は、一階が店舗で二階を住居として使っている。信介が子どもの頃には三世代が同居していた。かれこれ半世紀を経て、現在は夫婦のふたり暮らしだ。リナは両親とともに、ここから徒歩数分のマンションに住んでいる。母親、つまり信介の娘が実家の店を手伝ってくれているため、学校帰りにはたいていこちらへやってくる。

その娘が、昼食の用意ができたと呼びにきた。店番をかわってもらい、信介は二階に上った。

祖父母と孫、三人で食卓を囲む。オムライスはリナの好物だ。おとなだけの昼食は麺《めん》類や丼ものが多いが、小学生が加わる日は献立も若返る。

妻が冷蔵庫からケチャップを出すと、リナが勇んで手を伸ばした。

「リナがやる」

真剣きわまりない顔つきでチューブを持って、卵の上に絵を描いた。猫とも犬ともつかない謎の動物だ。くまかもしれない。

「猫かい？」

たずねたら、違うと即答された。

「猫じゃない。ミミーちゃんだよ」

ミミーちゃんとは、子ども向けのうさぎのキャラクターである。リナも大好きで、文具やら雑貨やらをせっせと集めては、得々として見せびらかしてくる。

「ああ、うさぎか」

「ミミーちゃんだよ」

物分かりの悪い子どもに教え諭すかのごとく、リナはしかつめらしく繰り返す。ミミーちゃんはただのうさぎではないらしい。

「おじいちゃんたちのも描いたげよっか？」

持ちかけられて、信介はおとなしく皿を渡した。一度うっかり断ったら、へそを曲げられてしまって難儀した。

三人分のオムライスに同じ絵が描きあげられるのを待って、手を合わせた。

「いただきます」

オムライスの真ん中に、リナがざくりと豪快にスプーンを入れた。あんなに気合を入れて描いていたわりに、もったいないという発想はないようだ。まっぷたつに裂かれたミミーちゃんは、真っ赤な色あいも相まって、なかなか凄惨《せいさん》な雰囲気を漂わせている。

「学校はどうだった？」

妻が聞き、楽しかった、とリナが元気よく答える。始業式に出て、夏休みの宿題を提出して、大掃除をしたという。

「あとねえ、モクトーもした」

モクトーの意味を、信介はとっさにとらえそこねた。孫娘の口から耳慣れない言葉が飛び出すことはままあるものの、これは初耳だった。妻も同じだったらしく、食べる手がとまっている。

ケチャップで赤く染まった唇で、リナは言い添えた。

「校長先生が死んじゃったんだよ」

午後は配達に出た。小型のバンで、個人宅と飲食店を回る。

信介の祖父が店を立ちあげた昭和の時代には、酒といえば酒屋で買うものだった。それが今やスーパーにもコンビニにもドラッグストアにさえも、ビールも焼酎《しょうちゅう》もワインも各種そろっている。言うまでもなく、梅本酒店の売上は右肩下がりだ。ただ、ありがたいことに昔なじみの得意先もそれなりにいて、夫婦で慎ましく暮らす分には支障ない。この先もできる限りは営業を続けていきたい。

できなくなったら、三代続いた店は閉めるつもりだ。先代や先々代に申し訳ない気もするが、世の趨勢《すうせい》には抗えない。軒《のき》を並べていた洋品店や薬局や金物屋が続々と廃業していく中で、むしろここまでよく踏ん張れたものだ。ひとり娘に店を継がせる気はさらさらなかった。堅実そうな会社員と結婚してくれて、ほっとしている。

最後に、駅裏の飲み屋街にある居酒屋に寄った。珍しく、比較的新しい取引先である。信介が物心ついた頃からあった古いカラオケスナックが昨年ついに閉店し、その後に居抜きで入った若い店主が、酒の仕入先まで引き継いでくれた。都会の料理屋で修業していたそうで、なんということのないつまみもやけに旨い。壁に所狭しと貼られた短冊には、いかにも酒の進みそうなあてが勢ぞろいしていて、酒屋としては見ているだけでうきうきしてくる。

狭い路地の隅にバンを停めた。店主が車の音を聞きつけたらしく、店先に出てくる。信介は運転席から降りて荷台に回り、ビールケースを両手で持ちあげた。

その拍子に、背中から腰にかけて、鋭い痛みが走った。

もれそうになったうめき声を、歯を食いしばってこらえた。どうにかケースを地面に着地させる。大丈夫ですか、自分で運びましょうか、と店主から遠慮《えんりょ》がちに声をかけられ、無理やり笑顔をこしらえた。

還暦を過ぎて以来、めっきり体力が落ちている。業務にさしつかえるほどではなく、がんばればたいがい乗り切れる。ただし、意地を張ったツケはてきめんに回ってくる。のみならず、しつこく残る。数年前までは一晩で跡形もなくなっていた足腰や肩の痛みが、何日経っても消えない。

次回分の注文もとって、帰途についた。右手でハンドルを握り、左手で腰をさする。

六十代といえば、昔はれっきとした老人だった。会社員ならば定年を迎え、自営業でも、そろそろ跡継ぎに任せて一線からは手をひく頃合だとみなされていた。ところが昨今は高齢化社会とやらで、生涯現役をめざすべしという風潮が広まっている。体が動くうちは全員働け、ということらしい。信介自身もその予定なので別に異論はないし、社会とのかかわりを保ったほうが老けこみにくいという説ももっともだと思うが、そうはいっても、体の動きは年々緩慢《かんまん》になっていく。だましだまし、やっていくしかない。優雅に余生を楽しみ、のんびりとお迎えを待つ古風なご隠居さんは、落語や時代劇の世界には存在しても、現実ではほぼありえない。

一方で、あっけなくお迎えにさらわれてしまう人々もいる。

モクトー、とぎこちなく発音した孫娘の、あどけない声が不意によみがえる。校長ということは、五十代だろうか。信介よりも若い。

この年齢になると、誰かが死んだという話を聞くたびに、体の芯がすうっと冷える。周りの空気がほんの少し薄くなったような、部屋のあかりがほんの少し暗くなったような、よるべない気分になる。

故人とつきあいがあった場合に心が痛むのはもちろん、さほど親しかったわけでなくても、親しいどころか顔だけ知っている程度の相手でも、あれこれ考えさせられずにはいられない。自分より年下であれば、どうにも痛ましい。年上だと、頭の中でそろばんをはじき、その年齢まで生きるとしたら残り時間はあとどのくらいかと計算してしまう。

店に戻ると、娘がレジ台に座っていた。客はいない。

腰にあてがっていた手を、信介はさりげなくはずした。不調を見とがめられたら、もう若くないのに無理をするなと騒がれかねない。

「おかえり」

目を上げた娘が、思い出したように言った。

「知ってた？　三小の高村《たかむら》先生、亡くなったんだって」

例の校長先生のことだろう。

「さっき、リナに聞いたよ。学校で黙禱《もくとう》したって」

ふと気になって、信介は言葉を継いだ。

「その先生、家族はいるのかな？　奥さんとか、子どもとか」

本人も気の毒だけれど、働き盛りの大黒柱を失った家族も大変だろう。せめて子どもが成人しているといいが。

娘から胡乱《うろん》なまなざしを向けられて、たじろいだ。

「どうかしたか？」

なにか問題発言でもしてしまっただろうか。なにげないひとことを娘に糾弾《きゅうだん》されることは、時折ある。用心しているつもりだが、今回はどこが気にさわったのか見当がつかなかった。

「高村先生だよ？　お父さん、覚えてないの？」

娘が早口で問う。腑《ふ》に落ちないことがあると、まばたきもせず相手の目をひたと凝視する癖は、妻譲りだ。

あわてて記憶を探る。あきれたような心配しているような表情の娘を、これ以上あきれさせたり心配させたりしたくない。ここのところ忘れっぽくなってきたことは認めざるをえないものの、何十年も客商売をやってきて、他人の顔と名前を覚えるのは苦手ではない。

一学期に運動会を見に行って、リナの担任教師には挨拶したが、校長とは顔を合わせていない。となると、店の客か。常連の客なら頭に入っているはずだけれど、心あたりがない。

「卒業式で話したじゃない。一緒に写真も撮ったし」

励ますかのように、娘が言う。わが子の宿題を見てやるときにも、よくこういう口ぶりでヒントを与えている。

「卒業式?」

リナは入学したばかりじゃないか、と信介は一瞬いぶかしみ、そこでようやく勘違いに気づいた。

孫ではなくて、娘の卒業式だ。

そして「校長先生」というのは、現任の校長ではなく、娘の小学生時代に校長をつとめていた先生のことである。

「お父さんも習ったことがあるって言ってなかったっけ?」

「ああ」

そうだ、習った。信介は小学三年生で、彼女はまだ「高村先生」ではなかった。校長でもなかった。三年四組の担任となった、大学を卒業したばかりの初々しい新任教師は、独身で、当然ながら旧姓で呼ばれていた。

「平野《ひらの》先生か」

娘の言うとおり、小学校の卒業式で会った。通りすがりに視線がまじわった瞬間に、先生は目もとをほころばせた。信介のことを覚えてくれていたのだとわかった。

黙って目礼された。向こうから話しかけてこなかったのは、かつての教え子への配慮《はいりよ》だったのだろう。あの時期のことを、信介はもう忘れているかもしれない。あるいは、思い出したくもないかもしれない。どちらにしても、不用意に過去を掘り起こすのはしのびないと気遣ってくれたのではないか。

肌にしわが寄り、髪には白いものが目立っていても、先生のまっすぐなまなざしは若かりし頃と変わらなかった。信介の心も、一気に小学生時代まで引き戻された。

「おひさしぶりです」

もっと気の利いたせりふもあっただろうに、ふさわしい言葉が浮かばなかった。

「本当に。お元気そうで、なにより」

「お父さん、先生と知りあいなの？」

間に立っていた娘が、不思議そうにおとなたちを見比べた。相変わらず頭が回らないまま、信介はただうなずいた。三十年分の歳月が巻き戻される途中で、おとなの常識をどこかに落っことしてしまったようだった。もじもじしているうちに、先生はよその誰かに呼ばれ、会釈《えしやく》して去っていった。ちゃんとお礼を言うべきだったと後から悔やまれた。

結局、あれきり先生とは顔を合わせずじまいになってしまった。

「いい先生だったよね」

娘がしんみりと言う。

「毎朝、校門の前で挨拶してくれてた。ひとりひとりの名前をちゃんと呼んで。全員の顔を覚えてるんだよね。子ども心にも、すごいなってびっくりした」

全校合わせて、何百人もいる。さらに、毎年六年生が卒業し一年生が入学して、面子《めんつ》が入れ替わる。信介が客の顔を覚える苦労の比ではない。その上、とうに成人した卒業生のことまで覚えていたとは。

「たいしたもんだ」

嘆息《たんそく》したとき、娘の背後でのれんが揺れた。

「ママ！」

リナがひょっこりと顔をのぞかせる。

「ミミーちゃんのペンがないの。ピンクの、キラキラの」

「また？　筆箱の中は？」

娘が眉をひそめた。

「なかった」

「使った後は元の場所にしまいなさいって、いつも言ってるのに。そのへんに放っとくからどこかにいっちゃうんだよ。よく考えてごらん、最後に使ったのはいつ？」

「忘れたの！」

リナはいらだたしげに足を踏み鳴らしている。

「ママに怒ったってだめよ。自分が悪いんだから」

「ここはもういいから、見にいってやったら」

険悪な雰囲気をとりなそうと、信介は口《こ》を挟んでみた。

「いいの、いいの。自分で探さないと懲りないもの」

地団太《じだんだ》を踏んでも効きめはないと悟ったらしく、リナはとぼとぼとレジ台まで寄ってきた。椅子によじ上り、ペン立ての中身を検《あらた》めている。そんなところにあるはずがないとわかっていても、とにかく目についた場所を手あたりしだい確かめずにいられない、その気持ちは信介にも理解できる。

信介も、よくものを失くす子どもだったのだ。

「どう？　あった？」

妻も一階に下りてきた。「ない」とかぼそい声でリナが答え、娘が両手を合わせた。

「ごめんね、お騒がせしちゃって」

「いいのよ、慣れてるから」

妻は信介のほうへ思わせぶりな一瞥《いちべつ》をよこした。

「うちにもひとり、しょっちゅう探しものしてるひとがいるし」

おとなになってからは、だいぶましになっていたと思う。ただ、ここ数年来、またじわじわと悪化してきた感も否めない。これも老化のせいか。

さすがに、商売がらみの書類をなくしたり、鍵や財布を落としたりすることはない。行方不明事件はおおむね家の中で起きる。老眼鏡、爪切り、目薬、スマートフォンといった面々がしばしば雲隠れする。いずれも、不便は不便だけれど、すぐさま見つけ出さなければ生活に支障をきたすというほどでもない。経験上、がむしゃらに探し回っても、出てこないときは出てこない。と言いつつ、しびれを切らして妻に応援を頼むことも少なくないが。

しかしながら、子どもにとっては、失くしものは深刻な大問題だ。

幼い信介もリナのようにあわてふためき、これもリナと同じく、母親に泣きついた。母はぶつぶつ言いながらも、宿題のプリントやら赤白帽やらプラモデルの部品やらを、散らかりきった息子の部屋からまたたくまに掘り出してみせたものだ。

われながら、甘ったれた子どもだったと思う。姉は七つも年上だったたし、しっかり者で手がかからなかったから、信介はひとりっ子さながらに世話を焼いてもらえた。それがずっと続いていくと、みじんも疑っていなかった。甘ったれている上に、のんきな子どもでもあったのだ。

高村先生――信介は引き続き、心の中では平野先生と呼んでいる――の追悼会《ついとうかい》が開催される運びになったと聞いたのは、翌月のことだった。

ひと月の間に、店に来た客との世間話や、妻や娘が仕入れてきた噂話を通じて、先生が亡くなる前後のことは断片的に伝わってきた。何年も前に夫を亡くし、ひとり娘は海外に住んでいるらしい。亡くなったのは夏の盛りで、葬式は内々ですませ、学校の関係者には事後報告だった。このままでは線香もあげられないというので、世話になった人々でお別れの会をやろうという話になったそうだ。

四十年近くも市内の小学校で教鞭《きょうべん》をとり、校長まで勤めあげたとあって、そうとう顔は広かったようだ。定年退職した後も、相談役として市の教育活動にかかわった。教員の指導育成にも力を注ぎ、後輩にあたる教師たちからも慕われていた。三小の現校長もそのうちのひとりで、全校朝礼で黙禱を行ったのも彼女の発案だったという。

「お別れ会、三小の先生たちが中心になって準備してるみたいだね」

定休日にうちへ立ち寄った娘が、小学校で配られたという案内のチラシを信介たちにも見せてくれた。高村正子先生を偲《しの》ぶ会の開催について、とある。来月末の日曜日、会場は三小の体育館で、朝十時から夕方五時まで献花台が用意され、誰でも自由に立ち寄れる。午前中に行われる式典のみ、事前申し込み制らしい。

箇条書きの注意事項のうち、一番下のひとつに目がとまった。

〈会場内に、高村先生ゆかりの品々を集めた展示コーナーも準備する予定です。先生との思い出の品をお持ちの方は、ぜひご協力下さい〉

事務局の連絡先として、電話番号とメールアドレスが併記されている。各人の「思い出の品」を借り受け、簡単な説明を添えて陳列《ちんれつ》するという。作家や有名人にまつわる資料を集めた文学館や記念館で、日記や書簡《しょかん》、使いこまれた仕事道具なんかが公開されていることがあるが、ああいう感じだろうか。

「ゆかりのもの？　ちょっとおもしろいね」

妻も興味をそそられたようだ。娘もチラシをのぞきこむ。

「なんかないかな、うちらも？」

「写真とか？　ありきたりかな」

「他のひとともかぶっちゃいそうだしね」

女ふたりを置いて、信介は居間を出た。廊下を進み、つきあたりのドアを開ける。梅本家の「思い出の品」の置き場所といえば、ここである。

かつて娘の部屋だった洋間は今や物置と化し、段ボール箱や衣装ケースが天井近くまで積みあげてある。色褪《いろあ》せたカーテンの隙間《すきま》から淡い陽ざしがさしこんで、無数の細かい埃《ほこり》が舞っている。視線を感じて首をめぐらせると、壁際の棚のてっぺんから、ガラスケースに入った日本人形がうつろな目で信介を見下ろしていた。

ひさしぶりに足を踏み入れたが、想像以上に雑然としている。見たところ、入り口近くの箱のほうが新しい。信介の子ども時代のものは、奥に埋もれているのだろう。また今度、時間と余力があるときに、腰を据えて手をつけたほうがよさそうだ。

廊下の先から、妻と娘の声がきれぎれに聞こえてくる。ふだんの探しものと違って、女性陣に助けを求めるのも気が進まない。妻にも娘にも、平野先生の話はほとんどしていない。娘の卒業式で本人と挨拶する機会がなかったら、担任だったと伝えることさえなかっただろう。

わざと隠そうとしたわけではない。うまく話す自信がなかっただけだ。正しくは、今もない。

平野先生との思い出を語るなら、あのとき信介が置かれていた状況についても、どうしたってふれざるをえない。

小学三年生に上がる直前の春休みに、母が家を出ていった。姉だけを連れ、信介は置いて。突然の出来事だった。前日まで、母にも姉にも変わったそぶりはなかった。おやすみと言いかわしていつもどおり床につき、翌朝、信介が起きたときにはふたりとも姿を消していた。朝食が並んでいるべき食卓はきれいに片づいたままで、父ひとりがぽつねんと座っていた。

「お母ちゃんは？」

信介が驚いてたずねると、父は無表情に答えた。

「いない」

特段あせっているふうでもなかった。事前に妻との間で話はついていたのだろう。ただ、その内容を息子に伝えるつもりはないようだった。信介のほうから気安く質問できる雰囲気でもなかった。

もともと寡黙《かもく》だった父は、その日を境に一段と口数が減った。同じく無口な祖父も、沈黙を貫《つらぬ》いた。

祖父と父と息子、男ばかり三人が残されたのだった。祖母はその数年前に亡くなっていた。家事全般を一手に引き受け、店の事務方も担っていた母と、その母をなにかと手伝っていた姉を失って、梅本家の日常も梅本酒店の営業もたちまち行き詰まった。店はともかく家の中には、早急に女手が必要だった。

そこで、隣町に住む伯母がやってきた。父の長姉だ。適任といえばこれ以上の適任はなかった。伯母にとっては生まれ育った実家で、勝手がわかっている。専業主婦で子どもはおらず、時間にも余裕があった。少しばかりがさつなところはあるものの、裏表のない性格の働き者で、荒れた家をてきぱきと片づけてくれた。

しかし、伯母の手によって家が快適に、また清潔にととのえられていくのと反比例して、信介の心は日に日に暗く濁《にご》っていった。息子を置き去りにした母にも、母に選ばれた姉にも、黙りこくっている父や祖父にも、腹が立った。それから、一家の主婦然として家事をとりしきっている伯母にも。

むろん、伯母は悪くないと信介も頭では理解していた。父親や弟の苦境を見かねて手をさしのべてくれたのだ。厚意に感謝こそすれ、やつあたりするのはおかしい。伯母のこしらえたおかずを食べ、伯母の洗濯した服を身につけ、伯母の掃除した部屋で眠っているというのに、筋違いないらだちを覚える自分にも嫌気がさした。学校が休みで、友達と会わなくてすむのが不幸中の幸いだった。二年生の終業日に、またねと手を振りあって別れたときとは、全然違う人間になってしまった気がした。遊びの誘いも断って、日がな家にひきこもっていた。

不毛な時間を持て余し、自分の部屋でごろごろしているうちに、うたた寝してしまったことがある。

物音で目が覚めたのか、目覚めてから音に気づいたのか、今となってはわからない。とにかく、信介は飛び起きた。その音は壁をへだてた隣の和室から響いてきていた。両親の寝室だ。寝ぼけまなこですっ飛んでいって、力任せに襖《ふすま》を開けた。

肩越しに振り向いたのは、伯母だった。姿見の前に立ち、うぐいす色のブラウスを胸にあてていた。

「それ、お母ちゃんの……」

寝起きの声は弱々しくかすれ、中途半端にとぎれた。よく見たら、たんすの抽斗《ひきだし》が引き出されて、見覚えのある洋服が畳の上に何枚も放り出されていた。

伯母はブラウスを持った手を下ろし、ばつが悪そうに言った。

「いらないいから、置いていったんでしょ」

そのとおりだった。いらないものを母は全部置いていった。夫も息子も、家も仕事も。

「大丈夫よ、信ちゃん」

絶句している甥《おい》を憐《あわ》れむように、伯母は声を和らげた。

「そんな顔しなさんな。伯母さんがなんでもやったげるから」

新学期がはじまる頃には、母が家を出たのは近所にも広まりつつあったはずだが、友達からなにか言われることはなかった。子どもなりに気を遣ってくれたのか、親たちが小学生に聞かせるべき話ではないと判断して口をつぐんでいたのか、いずれにしても、信介自身も何事もなかったかのようにふるまった。変わったそぶりをしたら、母がいなくなったという事実を認めることになる気がしたし、なにより恥ずかしかった。

家庭訪問にやってきた平野先生には、伯母が事情を説明した。

「いえいえ、そんな。わたしは子どもがいないもんですから、至らないところもあるんじゃないかしら」

伯母の声はよく通る。盗み聞きするつもりはなくても、自然に耳に入ってくる。

「ええ、ぜひ。先生にもご配慮《はいりょ》いただけるなら、わたしどももありがたいです」

信介は暗澹《あんたん》とした気持ちになった。そんなふうに教師から気にかけられる、特殊な存在になんかなりたくない。みんなと同じ、普通でいたい。

「そうそう、素直ないい子なんです。若干《じゃっかん》、頼りないところもありますけど。上の子と年齢が離れていて、しかも男の子でしょ。けっこう甘やかされてたみたいで」

伯母の言葉に、いっそう愕然《がくぜん》とした。信介が「頼りない」と、母に「甘やかされて」いたせいだとみなされてしまうなんて、考えたこともなかった。

それからは、気をひきしめた。炊事や洗濯は伯母にやってもらうにしても、自分でできることは自力で対処するように心がけた。毎日の宿題は早めにすませ、苦手な野菜を飲み下し、忘れものや失くしものも格段に減った。そうでなくても、母に甘えていたのと同じように伯母にも甘えるのは、一種の裏切りに感じられた。あとは、がんばっていい子にしていればきっといいことが起きるはずだという子どもらしい素朴《そぼく》な思考も、いくらか働いていたかもしれない。まだまだ純真な年頃だったのだ。

思えば、少しばかり、がんばりすぎていたのかもしれない。柄にもなく無理をして、いささか疲れがたまっていたのだろう。

次の定休日にも、信介は物置部屋に足を踏み入れた。

あらためて見れば、多くの段ボール箱には中身を示す注意書きがあった。アルバム、冬物衣類、タオル、漫画、といったぐあいだ。九割がたが妻の筆跡で、たまに娘の字もまじっている。いちいち開ける手間が省《はぶ》けてありがたい。

なにも書かれていない一箱を選んで床に下ろしたところで、背後から声をかけられた。

「なにしてるの？」

手もとに気をとられていた信介は、飛びあがった。振り向くと、ドアの隙間から妻の顔がのぞいていた。

「探しもの？」

重ねて問われ、観念した。

「おれの子どもの頃のものって、どのへんにあるかな。箱かなにかにまとめてあると思うんだけども」

「記念のもの？　アルバムとか、文集とか？」

「いや。コンパスなんだけど」

「コンパスって、文房具の？　円を描くやつ？」

妻が空中で指先をくるりと回してみせた。

「なつかしいな。おとなになると使わないよね」

コンパスは、小三から道具箱に加わった新入りだった。

二本の脚の片方に短い鉛筆を挟むつくりで、もう一方の脚の先端には鋭い針がとりつけられている。くれぐれも注意して扱うように、と平野先生はクラス全員に厳命《げんめい》した。そのせいもあってか、糊やはさみや色鉛筆といった他の文房具よりおとなっぽい感じがして、信介は気に入っていた。

時折家に持ち帰っては、円を描く練習をした。存外、難しい。少しでも気を散らすと、ずれたりゆがんだりしてしまう。かといって、力を入れすぎてもうまくいかない。集中していれば、むだな考えごとをしなくてすむのもよかった。夏休みに入っても母は帰ってこず、信介はノートやチラシの裏に大小の円を描きまくって、ずいぶん上達した。

ところが、二学期がはじまった直後、自宅で算数の宿題をしようとしたら、愛用のコンパスが見あたらなかった。

ランドセルをひっくり返し、学習机の抽斗をさらい、翌朝には登校するなり道具箱を開けてみたけれど、どこにもない。手さげかばん、ロッカー、給食袋の中まで、信介はありとあらゆる場所を探し回った。落としものとして届けられていないか、平野先生を通して用務員室にも問いあわせた。すべて空振りに終わり、帰宅してからもう一度家中を捜索した。今回ばかりは伯母にも助力をあおいだが、やはり見つからない。

困ったわね、とため息をついた伯母が、そこではたと手を打った。

「こないだ納戸《なんど》を整理してたら、出てきたのよ」

渡されたひらたいクッキー缶の中には、文具や雑貨が入っていた。中身を食べ終えた後で姉が譲り受けたもののようだ。ペンに消しゴムにメモ帳、シールやキーホルダーもある。そのほとんどに、ピンク色の猫が描かれていた。

猫のニャータンは、その何年か前に、女児の間で絶大な人気を誇っていたキャラクターだ。当時小学生だった姉も、ニャータンに夢中だった。最盛期には中高生にまでもてはやされていたらしいが、それから数年を経て、流行は下火になっていた。少なくとも信介の周りではあまり見かけなかった。

「ほら、コンパスもあるよ」

伯母が透明のケースを手にとった。中にはピンク色のコンパスがおさまっていた。鉛筆をとめる金具のところに、大口を開けて笑うニャータンの顔がくっついている。

それはお姉ちゃんの、と言いかけたとき、春先のやりとりが信介の脳裏《のうり》をよぎった。母のブラウスを胸にあてた伯母の放った、容赦《ようしゃ》ないひとことが。

いらないから、置いていったんでしょ。

差し出されたコンパスを、信介はしぶしぶ受けとった。ピンクなんて女子っぽくていやだったけれど、また同じことを言われるのはごめんだった。この家に置き去りにされたという意味では、なんだか同類みたいな気もしなくはなかった。

次の日、算数の時間に信介の手もとをのぞきこんできた隣席の男子に、悪気はなかったと思う。前日にコンパスがないと信介が騒いでいたのを思い出して、気になったのかもしれない。

「なにそれ？　猫？」

声も体もでかい、やんちゃなお調子者だった。とっさに、信介はコンパスに手をかぶせて隠した。

「見せて、見せて」

彼はずいと身を乗り出してきた。隠されてしまうと、かえって興味をそそられるのが人情だ。意固地《いこじ》にならず、姉ちゃんのお古なんだとぼやいてみせれば、まるくおさまったかもしれない。

だが、そんな機転を利かせる余裕は、信介にはなかった。機転を利かせるどころか、返事をする余裕も。

背を向けて、完全に無視した。それで向こうもむきになったのだろう。腕を伸ばし、ピンク色のコンパスを信介の手からもぎとろうとした。

「変な色。女みてえ」

「うるさい」

自分でもびっくりするくらい、とげとげしい声が出た。

「ふたりとも、なにやってるの。やめなさい」

平野先生が駆け寄ってきたときには、もう遅かった。信介はコンパスを奪われまいと、まとわりついてくる同級生をひじで突き飛ばしていた。彼はバランスをくずし、椅子もろとも床に倒れた。がたんと派手な音が立って、周りの女子が悲鳴を上げた。

放課後、信介は先生に命じられて教室にひとり居残った。幸いにも相手に怪我はなく、いやがる信介に向こうからちょっかいをかけていたと近くの席の子らも証言してくれて、一方的に叱責《しっせき》されることはなかった。

「あのコンパスって、もしかしてお姉さんの？」

たずねられ、はい、と信介はうなだれて答えた。

「自分のは、まだ見つからなくて。これ使えって、伯母さんが」

「お姉さん、ニャータンが好きなんだ？」

話の矛先《ほこさき》がそれて、少しほっとした。

「ニャータンを知ってるんですか」

「高校のときに、すごくはやってたの。友達がみんな集めてて、うらやましかったな」

日頃は思慮《しりょ》深げできまじめな平野先生が、急に子どもっぽいことを言い出したので、信介はやや面食らった。

「ニャータンの文房具はいろいろあったけど、コンパスははじめて見たわ」

もう一度見せてほしいと頼まれて、ランドセルからコンパスを出した。

「先生が子どものときは、こういうキャラクターつきのは買ってもらえなくてね。兄が三人もいたし、なんでもおさがりですまされちゃって」

話はさらにずれていく。さては、お説教されるのだろうか。伯母もよく、今の子は恵まれているとか、最近の若者はものを粗末《そまつ》にしすぎだとか、ぶつくさ言っている。

「お姉さん、大切に使ってたのね。新品みたい」

金具にくっついたニャータンの顔を、先生は指先で愛しげになでている。わがままを言わないでありがたく使え、と諭《さと》したいのかもしれない。なんとなく鼻白《はなじろ》み、信介はつい言い返した。

「でも、置いてった」

先生が目を上げ、信介を見た。

「いらないから、置いてったんだ」

半ばやけっぱちな気分で信介は言い募った。顔がかっかと熱かった。うつむいたせいで、そうかしら、と応えた先生の表情は見逃した。

「先生は使ってみたいけどな、ニャータンのコンパス」

さりげない調子で、先生は続けた。

「大切だから置いていくってことも、あるでしょう。失くしたりこわしたりしないように」

おずおずと顔を上げた信介と目を合わせ、再び手もとに視線を落とした。

「そうだ、いいこと考えた。これ、しばらく先生のコンパスととりかえっこしない？」

信介はふたつ返事で承諾した。これからも算数の授業のたびに同じ目に遭わされてはたまらない。

先生の言い分を、まるごと鵜呑《うの》みにしたわけではなかった。先生が昔ニャータンを好きだったとしても、今さら子ども向けのキャラクターグッズを使いたがるとも思えない。よけいな遠慮をさせないように、理由をつけてくれただけだろう。それでも、ケースをうやうやしく押しいただいた、まるで宝物を扱うかのような手つきは、信介の心をほのかに明るくした。

「大事に使わせてもらうね」

先生がニャータンのコンパスを使っているところを、信介が直接目にすることはなかった。授業中、黒板に円を描くときに登場するのは、鉛筆のかわりにチョークを先端にとりつけた大きなコンパスだった。そのかわり、ふたりにだけ通じる秘密の暗号があった。提出した宿題のノートが返ってくると、信介は注意深くページをめくった。正答につけられた赤い丸はほとんどが無造作な手描きだったけれど、ごくたまに、まんまるい円がまじっていた。

「で、なんでまたコンパスなんか探してるの?」

しごくまっとうな妻の疑問に答えるべく、信介は小学三年生のときの出来事をかいつまんで語った。コンパスを失くしたこと、姉のおさがりをクラスメイトにからかわれたこと、平野先生が気を利かせて自分のコンパスを使わせてくれたこと。母の家出については、ふれずにおいた。

「なるほどね。例のお別れ会に、先生のコンパスを持っていくってこと?」

妻が納得顔になった。

「いや、先生のコンパスはもう返したよ」

三学期の始業日に、信介は平野先生と再びコンパスを交換した。冬休みの間に新しいものを買ってもらったからだ。母と姉が、いなくなったときと同じく唐突に家へ帰ってきたのは、年明け早々のことだった。

ケースに入ったコンパスを信介に手渡した先生は、ありがとうと礼を言ったきりで、詳しい事情は詮索しなかった。信介の母が家に戻ってきたことは、すでに耳に入っていたようだった。

「そうなの？　じゃあ、なんで？」

「なんとなく、なつかしくて」

信介は言葉を濁した。

なんにも言おうとしなかったのは、先生だけではない。家族の間でも、それまでの九カ月間はなかったこととして扱われた。誰も、あの口さがない伯母でさえ、一切蒸し返さなかった。唯一の例外は、母が帰ってきた日、「ただいま」に次いで誰にともなく口にした「ごめんなさい」のひとことくらいだ。

最初のうちこそ幾分《いくぶん》ぎくしゃくしたものの、ほどなく梅本家には元の日常が戻った。ひょっとしたら、完全に元通りではなかったかもしれないけれど、表面上はつつがなく回り出した。父と母の様子も、家出の前と変わらなかった。それからおよそ半世紀を添い遂げて、今は仲よく同じ墓に眠っている。

ニャータンのコンパスを最後に見たのは、いつだっただろう。

ケースごと学習机の抽斗にしまった覚えはある。使うわけでもなく、かといって本来の持ち主である姉に渡す気にもなれず、そのまま入れっぱなしになっていた。あの机はもうない。結婚を機に家を改築したとき、古い家具をまとめて処分した。抽斗の中身は、確かとっておきたいものだけを選《よ》りわけて、箱だか袋だかに入れておいたはずだ。

「あるとしたら、そうとう奥のほうかもね」

室内を見回していた妻が、口もとに手をあてた。

「まさか、お義父さんやお義母さんのものと一緒に捨てたりはしてないよね？」

三年前に両親を相次いで看《み》とった後、妻は信介の姉と手分けして遺品を整理してくれた。義理の姉妹どうし、わりと気が合うようで、休みなく手を動かしつつお喋りに花が咲いていた。信介も手伝いかけたものの、手際が悪いと女たちに腐されてやる気を削がれ、取捨選択は一任して、捨てるものを運び出す役を引き受けた。

「おれのものも捨てたんだっけ？」

「多少ね。でも、コンパスは見なかった気がする」

妻が自信なげに答えた。

「そうか」

信介は肩を落とした。自分でも意外なほど、がっかりしていた。非難されたように感じたのか、妻の表情がいっそう曇る。

「古いものはなるべく処分しようって決めたじゃない。いつまでも置いといても、どうしようもないし」

　いよいよ望み薄な気がしてくる。子ども向けの古いコンパスなぞ、まさに置いておいてもしかたのないものの筆頭だろう。

「まあ、いいよ」

　なんだか投げやりな口調になってしまった。妻が口をとがらせる。

「よくないでしょ」

「いや、どうしても必要ってわけじゃないし。ないならないで、しょうがない」

　気にしていないと受け流そうとしたのに、妻の眉間のしわはますます深くなった。

「そんなに大事なものだなんて、知らなかったもの。それなら、ちゃんと大事にしまっといてくれないと」

　言い捨てると、憤然《ふんぜん》と部屋を出ていった。


　ひとり残された信介は、衣裳ケースを椅子がわりにして座りこんだ。

　妻に非はない。任せっぱなしにしたのは信介だ。捨てる前に確認してほしいとも言われたのに、途中から面倒になって、ざっと流し見する程度ですませてしまっていた。妻と姉が不用だと判断したなら、きっと正しいはずだとも思った。

　梅本家の夫婦喧嘩は、たいがいこんな調子だ。信介の言動に妻が腹を立てる。総じて妻に分があり、信介が謝ったり言い訳したりして場がおさまることが多い。ただ、言いあっているうちにこっちも頭に血が上ってしまうと、こじれる。とはいえ、妻の短気も最近は少しずつましになってきたようだ。それこそ憤慨されそうで本人には絶対言えないが、年齢のせいかもしれない。

ただし、妻はどんなに怒り狂っていても、まず根に持たない。一晩おけば忘れるらしい。これまた本人には言わないものの、すばらしい長所だと信介はひそかに感謝している。不満をためこんだあげくに黙ってぷいと出ていかれるよりは、都度《つど》ぶつけてくれたほうがずっといい。

なにも知らない妻は、同居していた義理の両親のことを、仲睦まじい夫婦だとつねづね感心していた。わたしたちもいつかはあんなふうになれるかな、と本気とも冗談ともつかない調子で言い、信介をぎょっとさせたこともある。父が息をひきとった翌月に母も逝《い》ったときには、離ればなれになりたくなかったのね、と涙ぐんでいた。

「話してないんだ?」

葬儀の日、たまたま姉とふたりきりになって、そうたずねられた。焼き場での待ち時間に、一服しようと屋外の喫煙所に出たら、姉がいたのだ。

「うん、まあ」

「ま、わざわざ伝えるようなことじゃないもんね。ほんと、思い出したくもない」

姉がうっとうしそうに顔をしかめた。考えるより先に、でも、と信介は言い返していた。

「姉ちゃんは連れていってもらったよね。母さんに」

姉のせいではないし、今さら僻《ひが》むつもりもないのに、含みのある口ぶりになってしまった。

「なによ」

喫《す》いさしのたばこを手にした姉が、まじまじと信介の顔をのぞきこんだ。いぶかられても無理はない。大昔の話だ。信介が気を取り直して詫《わ》びようとしたら、姉はぼそりと言った。

「信介だけは置いてけって言われたのよ、お母さん」

信介は危うくたばこの箱を取り落としそうになった。

「梅本の家のひとたちにね。大事な男の子だから、って」

「知らなかった」

それきり、二の句を継げなかった。

「わたしも、知らなかった。あんたが知らなかったってこと」

煙突からたちのぼる白い煙を見上げて、姉はゆるく頭を振った。

「お母さん、黙ってたのね」

つぶやくと、たばこをもみ消して信介に向き直った。

「悪いことしたわね。ちゃんと教えてあげればよかった」

「いや。こっちこそ、ごめん」

父と息子が見捨てられたのだと信介は思っていた。しかし姉の立場からすると、母と娘が追い出されたと感じたのかもしれない。大事な男の子は置いていけ、を裏返してみれば、大事でない女の子はくれてやる、とも聞こえる。姉は姉で傷ついただろうに、自分ばかりがないがしろにされたと信介は思いこみ、被害者ぶっていじけていた。

「なんで信ちゃんが謝るの」

姉がふっと目もとをほころばせ、ひさしぶりに弟を幼い時分の愛称で呼んだ。

「あんたは悪くないでしょ」

悪くないにしても、なにか言うべきことがあるはずだったけれど、言葉がまとまらなかった。しかたなく、信介はあえて軽く言い返した。

「姉ちゃんも」

「そうよ。わたしたちはなんにも悪くない」

子どもの頃から、勝気でおとなびた姉にこうしてお墨付《すみつ》きをもらえると、心強かったものだ。

信介もたばこをくわえた。姉がライターで火をつけてくれた。

「ねえ」

ちょんちょんと肩をつつかれて、信介ははっと顔を上げる。

満面の笑みでこちらを見下ろしているのは、喪服姿の姉ではなかった。いつのまにか部屋に戻ってきていたらしい、妻である。

「捨ててないってよ、コンパスは。お義姉さんに聞いてみた」

電話で問いあわせたら、両親の私物以外で処分したのは、洋服や靴の類《たぐい》だけだったそうだ。記憶力のいい姉がそう言いきったのであれば、おそらく間違いない。つまり、あのコンパスはきっとこの部屋のどこかにある。

にわかに希望がわいてきて、信介は腰を上げた。

「手伝ってあげる」

妻がおもむろに宣言した。挑《いど》むような目つきで、部屋をねめ回している。

「探しものは、わたしのほうが得意だしね」

「見つかるかな」

コンパスが見つかったら、いや、たとえ見つからなくても、今夜は平野先生のために献杯《けんぱい》しようと信介は思う。この間、なじみの蔵元にそそのかされて買ってしまった、とっておきの純米大吟醸《だいぎんじょう》はどうだろう。たぶん妻もつきあってくれるはずだ。酒の肴《さかな》に、長らく打ち明けそびれていた昔話を聞いてもらってもいい。

「見つけなきゃ。だって、大事なものなんでしょう?」

妻が荷物の狭間を器用にすり抜けて、窓辺へ歩み寄っていく。勢いよくカーテンをひき、サッシも開け放った。

室内に薄日がさした。からりと乾いた風が吹きこんでくる。信介は腕まくりをして、山と積みあげられた段ボール箱に手をかけた。

2

連絡帳

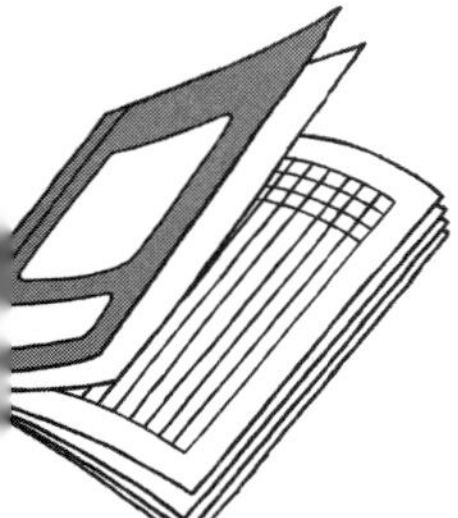

下りの普通電車は、思いのほか空《す》いていた。ちらほらと埋まっているシートの片隅に、明代《あきよ》は腰を下ろした。

重たいボストンバッグを膝の上に、手土産の紙袋を足もとに置いて、息をつく。連休の初日はいかにも行楽日和《びより》の秋晴れで、特急の降車駅も、乗り継いだ在来線の車両も、おそろしく混雑していた。さらに私鉄に乗り換えて、この先はたった二駅だけれど、それでもゆっくり座れるのはありがたい。

はす向かいに、若い母親と男児が座っている。子どもは四、五歳だろうか、靴を脱いでシートの上に膝立ちになり、窓に両手をぺたりと貼りつけて一心に外を眺めている。隣のホームに停車中の急行列車に目を奪われているようだ。

息子が同じくらいの年頃だった時分のことを思い出す。わが家の近くは東京と違って車社会で、幼児を連れて公共交通機関を利用する機会はそうそうなく、だからなおさら、電車での外出は息子にとって特別なお楽しみだった。何日も前から指折り数えて当日を待ち、いざ電車に乗りこめば、車両の種類や路線を解説したり、車内アナウンスを復唱してみせたり、片時も黙っていなかった。日頃は内気で物静かな子だけに、明代まで心がはずんだものだ。

それに比べて、この子はしごくおとなしい。電車に気をとられていて喋《しゃべ》るどころではないのか、それとも、公共の場で騒がないようにと躾《しつ》けられているのか。あるいは、母親が手もとのスマートフォンに目を落としたきり、わが子にかまうそぶりがないせいだろうか。この母親に限らず、子どもに関心の薄そうな親を見かけるたび、よけいなお世話だと知りつつも明代の胸はざわつく。もったいない。親子が一緒に過ごせる時間は、いつまでも続くわけではないのに。

母親がふと顔を上げた。明代はぎくりとして目をそらす。まさか心の声が聞こえるはずもないけれど、じろじろと見すぎてしまったかもしれない。

しかし母親は向かいの乗客には目もくれず、息子の腕をつついた。

「わかったよ。連休は特別ダイヤになってるみたい。特急の時間も変わっちゃってる」

「ええっ？」

子どもが悲しげな声を上げて、液晶をのぞきこむ。

「今日は見れないの？」

「いや、たぶん大丈夫。ほら、とりあえずこのまま行って、ここで乗り換えれば……」

明代は勘違いを恥じた。母親はわが子のために、列車の運行状況を調べてやっていたらしい。

今後の行程が定まったのか、子どもが再び窓に向き直ったところで、けたたましい発車のベルが鳴り出した。

五分後、心の中で親子連れに別れを告げて明代は電車を降りた。構内はそこそこ混みあっている。人波に乗って、出口に向かう。

ついさっきまで子ども時代の姿を思い出していたためか、改札の向こうにのっそりとたたずむ息子はやけに大きく見えた。

実際、体格はいい。明代よりゆうに頭ひとつ分は背が高く、それなりに横幅もあって、ほっそりと華奢《きゃしゃ》だった幼少期の面影《おもかげ》はもはや完全に失われている。とうに三十路《みそじ》を過ぎているのだから無理もない。軽く手を振ってみたが反応はなく、よく見たら、耳もとに電話をあてがっている。通話中のようだ。顔はこちらを向いているものの、視線はまじわりそうでまじわらない。

あきらめて腕を下ろそうとしたとき、手を振り返された。

息子に、ではない。その隣に立っている小柄な人影にも見覚えがあることに、明代は遅まきながら気がついた。

愛想《あいそ》よく笑いかけられ、とっさに笑顔をこしらえる。彼女と顔を合わせるのは、これで二度目だ。半年前に、息子から紹介されて以来である。

ふだんはめったに連絡をよこさない息子が電話をかけてきて、恋人と会ってほしいと切り出したとき、明代はかなり驚いた。ひとり息子から恋愛がらみの話を聞くのは、はじめてだった。女性の気配を感じたことすらなかった。

もっとも、男女にかかわらず、わが子の交友関係を明代は詳しく把握《はあく》していない。もともと無口な上に、大学進学を機に親もとを離れて上京してからは、どんな生活を送っているのやら、一段とわかりづらくなった。といって、どうしても秘密にしておきたいふうでもなく、明代や夫が質問すれば、そっけないながらも返事はあった。大学院の研究室仲間や職場の同僚と撮った写真を見せてもらったこともある。写っているのは、みごとに男ばかりだった。女っ気がないのは、本人の資質のほかに、育った環境の影響もあるのかもしれない。中高と男子校に通い、大学も理工学部とあって女子学生は多くないようだった。勤めているＩＴ企業の研究開発部門でも、周りはほとんど男性らしい。

そんな息子が両親に会わせたいと言うからには、彼女は単なる交際相手ではないはずだった。ふたりの来訪を、明代はそわそわして待った。緊張する半面、胸がはずんでもいた。息子ももういい年齢だ。ずっと独り身ではさびしかろうとかねて気になっていた。

恋人について息子が事前に教えてくれたのは、同じ会社の同僚だということだけで、容姿も性格もさっぱり予想がつかなかった。異性の好みなど聞いたこともない。つべこべ口出しするつもりはないが、欲をいうなら、明代たちとも良好な関係を築けそうであれば申し分ない。いや、それも欲ばりすぎか。息子を大事にしてくれるなら文句はない。ぐるぐると考えれば考えるほどに、不安も期待もいや増した。

いざカオリさんと対面して、だから一安心した。

凛《りん》とした雰囲気の、きれいな女性だった。品がよく、それでいて堅苦しすぎず、会話の端々に知性がうかがえた。夫もひとめで好感を持ったようで、興味津々で矢継ぎ早に質問を繰り出した。いろいろ知りたいのは明代とて同じだけれど、それにしても面接みたいで失礼じゃないかとはらはらした。しかし当人は気を悪くするふうもなく、出身地や学歴や家族構成や仕事についていて、ひとつひとつ丁寧に答えてくれた。

カオリさんのほうが息子より年上だというのも、初耳だった。

「えっ？　ツトムの三つ上？」

夫のぶしつけな反応に、息子が苦々しげに割って入った。

「いいだろ、別に」

「でも、年齢を意識することはほとんどないです。ツトムさんはしっかり者だから」

カオリさんが如才《じょさい》なく切り返してくれて、場は一応おさまったものの、夫はやっと口をつぐんだ。さすがに少しは気まずくなったのかもしれない。

短い沈黙を破ったのは、息子だった。

「一緒に住むことにしたから」

明代と夫は顔を見あわせた。

「そうか。いいんじゃないか」

夫の感想に、明代も異論はなかった。よろしくお願いしますね、とカオリさんに頭を下げてから、勇気を出してつけ足した。

「籍は入れないの？」

今どきは入籍前の同棲《どうせい》も珍しくないようだけれど、親の立場としては、きちんとけじめをつけてほしい。うちは男の子だからまだしも、カオリさんの親御さんに申し訳ない。

息子がカオリさんとすばやく目を見かわした。

「入れない」

きっぱりと答える。予期していた問いだったのかもしれない。

「どうして。中途半端に先延ばしにしたら、カオリさんにも悪いじゃないか」

夫も割りこんできた。年齢も年齢なんだし、とは口にこそ出さなかったが、顔に書いてあった。ひやひやしつつ、明代も内心では同感だった。息子の性格からしても、こうしてはるばる実家まで出向いてきたことを考えても、真剣な仲なのだろう。いずれ一緒になる心づもりなら、なにも引き延ばす必要はない。

「そういうの、こだわらないから」

息子はにべもない。

「お前はこだわらなくても、女のひとはまた違うだろう」

引き続き、夫が明代の懸念《けねん》をずばりと代弁してくれた。無神経な言動に気をもまされることも多い反面、こういうときは助かる。

「いえ。わたしは大丈夫です」

応えたカオリさんの口ぶりは、平静そのものだった。なにか言おうとした息子を目で制し、言い添えた。

「というか、わたし自身もそうしたいんです。一度、失敗しているので」

「失敗？」

夫が間の抜けた声をもらした。

「なんだ。カオリさんって、バツイチなの？」

息子が見たこともないほど険しい目つきで、父親をにらみつけた。

駅前はこぢんまりとした商店街になっていた。パン屋や花屋や薬局が並び、飲食店も軒《のき》を連ねている。郵便局の前を過ぎて、なだらかな坂にさしかかると、人通りはぐっと減った。

明代の荷物をぶらさげた息子が先頭をゆき、その半歩後ろを、女ふたりで並んで歩く。初対面に毛が生えたようなものだし、息子に会話の糸口を作ってもらいたいが、そんな気の利《き》く子ではない。

「ごめんなさいね、お休みの日に押しかけちゃって」

しかたなく、明代から話しかけてみた。

「とんでもない。お目にかかれてうれしいです。一度うちにも来ていただきたかったですし」

はきはきした快活な口ぶりは、無理をしているようには聞こえない。感じのいいお嬢さんだ、と前回の第一印象をなぞるように明代は思う。よくいえば、そつがない。少々なさすぎるくらいで、つまり、悪くいえば本音がいまひとつ読めない。

「お父様も、お変わりありませんか」

「ええ。おかげさまで」

さっさと結婚しろって発破《はっぱ》をかけといてくれ、と出がけに真顔で伝言を頼まれた。当然ながら、当人たちにそのまま伝える気は毛頭ない。

夫はカオリさんを気に入っている。年上だのバツイチだのと口さがなく言うわりに、そういった、いわゆる世間的な価値基準にとらわれないのは、夫の美点といっていい。明代自身はといえば、年齢や離婚歴がまったく気にならないといえばうそになるものの、そんなことよりも本人の人間性や息子との相性のほうがよほど大事だとも思う。世間体だの慣習だのを持ち出して、やいやい言うつもりはない。ただ純粋に、息子たちが今後どうなるのかが気にかかっているだけで。

息子がカオリさんにぞっこんなのは、傍目《はため》にも明らかだ。でも、逆はどうなのだろう。一緒に暮らそうと決意したわけで、もちろんカオリさんも相応の好意は持ってくれているはずだし、いたずらに男心をもてあそぶような悪女にも見えないけれど、もし息子ばかりが一方的に惚《ほ》れこんでいるのだとしたら不憫《ふびん》に思える。それで長続きするのかも心もとない。大丈夫かしらとつい夫にもらしたら、心配性だなあ、とあきれられた。

ふたりの問題なのだから親の出る幕はない、それは明代だって重々承知している。うまくいくように祈るしかない。

七年ぶりの上京も、息子たちの新居を偵察《ていさつ》するためではない。

明日、三連休の中日にあたる日曜の昼間に、高校の同窓会が開かれる。会場は、母校から程近いシティホテルだ。今夜の宿もそこにとってある。

都内にある私立の女子校に、明代は中高の六年間通っていた。多感な思春期を共有した同級生の間には独特の絆《きずな》が育まれ、母校への愛着も強い。定期的に企画される同窓会に、明代も独身時代は欠かさず出席していた。結婚して東京を離れてからは、数えるほどしか顔を出せていなかったが、今年は卒業四十周年の節目で例年になく大々的にとりおこなわれると聞き、ひさびさに参加してみる気になった。

出席の返事をしたのは年明け早々で、まだカオリさんの存在すら知らなかった。当初は日帰りの予定だった。東京までは特急列車で二時間半ばかり、乗り換えを含めても、朝八時に家を出れば余裕でまにあう。日のあるうちに散会するので復路も問題ない。泊まるあてがあるならまだしも、ひとりでホテルに一泊するのは不経済だし侘《わび》しい。両親が健在だった頃は、上京するときは実家に泊まっていたが、それももう十年近く前の話になる。

息子の暮らすワンルームマンションも、論外だった。昔、なにかのついでに一度だけ立ち寄ったことがある。高層ビルの狭間に建っていて、窓を開けても隣の建物の壁しか見えず、狭苦しくて息が詰まった。とにもかくにも会社からの近さが最優先で、寝に帰るだけだというのだが、そうはいってももうちょっとましなところに住めないものかと眉をひそめていたら、息子に周辺の家賃相場を教えられて目をむいた。

あの独房じみた部屋から、息子は晴れて脱出したわけだ。

このへんの家賃は、いくらくらいだろう。下世話な好奇心だと自戒しつつも、道沿いの家々にそれとなく目を走らせる。息子が以前住んでいた、都会的というか無機質というか、そこはかとなく殺伐《さつばつ》とした風情の漂っていた界隈《かいわい》に比べて、格段にのどかな町並みだ。明代の実家があった郊外の街とも、たいして変わらない。とはいえ二十三区内の便利な場所で、具体的な金額を聞けばまた絶句させられるかもしれないが、家賃を折半するなら、ひとり暮らしよりは多少なりとも上等な家に住めるはずだ。

坂を上りきる手前で角を曲がると、カオリさんが路地のつきあたりを指さした。

「あれです」

渋いレンガ色の低層マンションだった。あちこちのベランダで洗濯ものが風にはためいている。陽あたりは悪くなさそうで、明代はひとまずほっとした。


予想どおり、南向きのリビングは明るかった。

明代をソファに座らせて、息子たちはキッチンに入っていった。ここでひと休みさせてもらってから、三人で早めの夕食をとることになっている。近所のレストランに予約を入れてくれているらしい。

てきぱきと立ち働くふたりを、明代はカウンター越しに眺めるともなく眺めた。息子がコーヒーを淹《い》れる間に、カオリさんが茶菓子を用意しているようだ。食器を手渡したり、短く言葉をかわしたり、ちょっとしたしぐさから日頃の様子も想像できる。お似合いじゃないの、とひそかに思う。ふたりとも、なんというか、自然だ。陽ざしのあふれるこの部屋に、実にしっくりとなじんでいる。彼らの住まいなのだから、なじんでいてあたりまえといえばあたりまえだけれど、明代のあずかり知らない息子の日常がここで営まれていると考えると、なんとはなしに感慨深い。

相変わらず、結婚するつもりはないんだろうか。どんな相手でも一緒に暮らしてみないとわからないことはあるし、ましてや一度つまずいた経験があるのなら、及び腰になるのも無理はない。でも、半年もひとつ屋根の下で生活していれば、互いにやっていけそうかは見きわめられそうなものだ。

ほどなく、コーヒーのいい香りが漂ってきた。

明代は立ちあがって窓辺に近寄った。四階からの眺望《ちょうぼう》は、絶景とまではいえないが、視界がひらけていて気持ちいい。家々の屋根が連なる先に、細長いビルが背丈を競うようににょきにょき建っている。案外緑が多い。木々がもくもくと生《お》い茂って森のように見える一帯が、目をひいた。来る道すがら、有名な神社が近くにあるとカオリさんが教えてくれたのは、あれかもしれない。

高く澄んだ空を見上げ、気持ちを切り替える。よけいなことは言うまい。干渉《かんしょう》しすぎてうっとうしがられないようにな、と夫にもからかい半分に釘を刺された。あなただってずけずけ言ってばっかりじゃないの、と応戦したが、でしゃばるなという意見には一理ある。息子のやることに、とやかく文句をつけるつもりはない。もう一人前のおとなだ。そもそも、一人前のおとなになる以前から、明代はわが子の自主性を重んじるように心がけてきた。

紆余曲折《うよきょくせつ》を経て、その境地に至ったのだ。

かつて明代は、われながら過保護で神経質な母親だった。幼い息子が病弱だったせいもある。しょっちゅう熱を出したり体調をくずしたりして、青くなって病院に駆けこんだものだ。食が細く、身長も体重も平均を下回っていて、幼稚園に入っても他の子たちより明らかに発達が遅かった。お遊戯《ゆうぎ》の歌やダンスを覚えられず、かけっこは必ずびりで、絵や工作も時間内にしあがらない。ひっこみ思案な性格が禍《わざわい》して、友達もできなかった。明代が迎えに行くと、たいていひとりぼっちで教室や園庭の隅にぽつんと突っ立っている。園にも相談したが、いじめられたり仲間はずれにされたりしているわけでもなく、これといって対処のしようがなかった。年少組の一年間、明代は日々やきもきさせられっぱなしだった。

それでも、年中組に上がる頃には、息子は少しずつ園になじんでいった。もたもたしていると、おませな女児たちがこぞって世話を焼いてくれた。人気者だな、将来が楽しみだ、と夫は能天気に喜んでいたし、手助けはありがたかったけれど、対等な友達というよりは半人前の弟か、下手をするとペットをかわいがる感覚のようにも見受けられ、明代は少々複雑な気分だった。

そんな息子が小学校に上がるとなると、不安はいっそう募った。幼稚園からも申し送りはしてくれるというが、どれだけあてにできるものやら疑わしい。新学期早々、明代は学校まで足を運んだ。

一年一組の担任になった高村《たかむら》先生は、当時、四十代の後半くらいだったろうか。どちらかといえば小柄なのに、姿勢がよく所作が堂々としていて、ただならぬ威厳《いげん》があった。総じて若く優しげだった幼稚園の先生方とは、かなり雰囲気が違う。なにもかも見通しているかのような鋭いまなざしを向けられると、それこそ小学生に戻ったみたいに背筋が伸びた。

しかし息子のためにはひるんでもいられない。明代は気後《きおく》れしつつも、幼稚園での状況を説明し、気にかけてもらうよう協力を求めた。先生は快諾《かいだく》してくれた。ご迷惑をおかけして申し訳ないと身を縮める明代に、なにも謝る必要はないと請けあった。お子さんの様子をしっかり見ることが、わたくしたちの仕事ですからね、と。

次に高村先生と話したのは、翌月の家庭訪問のときだった。

「ツトムくんはよくがんばっていますよ」

開口一番に褒められて、明代は胸をなでおろした。がんばっているのは息子だけではなかった。明代が毎日つきっきりで宿題を見てやり、忘れものがないようにランドセルの中身を念入りに確認し、保護者向けの配布物を隅々まで熟読していた。連絡帳に赤ペンで書かれた先生の言葉を読むのはささやかな楽しみだった。書き取りのお手本にも使えそうな、ととのった筆跡のひとことは、息子の学校生活を知るための貴重な手がかりとなった。今日はどうだったかと聞いても、「楽しかった」とか「普通」とか「疲れた」とか、ぱっとしない返事しかよこさないのだ。

新生活のすべり出しは、まずまず順調そうだった。ただ、明代の気がかりはまだ完全には消えていなかった。息子なりに一生懸命やっているとしても、他の子たちと同じようにできるかどうかはまた別の問題だ。

「やることが遅くて、クラスの皆さんの足をひっぱってしまっていませんか」

おそるおそる、先生にたずねてみた。

「確かに、多少時間がかかるときはありますね」

「やっぱり」

　率直な返答に、明代は肩を落とした。息子の努力を認めてやりたい一方で、落ちこぼれるのではないかとあせってしまう。

「じっくり考えて動くからですよ。むしろ長所です。指示に従うだけじゃなくて、自分の頭を使っているわけですから」

　とりなされても、気持ちは晴れなかった。方針や手順を熟考するというより、どうすべきかわからなくて途方に暮れているようにしか見えないときも、ままある。

「もし本当にわからなければ、質問してくれますしね」

　明代の心を読みとったかのように、先生は言い足した。

「あの子が？」

　明代はあっけにとられた。質問であれなんであれ、息子が大勢の中で自分から声を上げるなんて、信じがたかった。

「うちのクラスでは、質問は大歓迎なんです。わからないのは、恥ずかしいことではないですから。わからないまま放っておいたり、ごまかしたりすると、後でもっと恥ずかしい思いをすることになりかねませんし」

　先生はきびきびと言った。

「深く考えずにとりあえず質問しちゃう子もいますけど、ツトムくんはまず自分で考えて、それでもわからないときにだけ聞いてくれますよ。おうちでもそうじゃないですか？」

明代はどきりとした。

母子で話すとき、質問するのはもっぱら明代のほうだった。「学校はどうだった？」「おなかいっぱいになった？」「寒くない？」「明日はどこに行こうか？」——息子が無口な分、自《おの》ずとこちらの口数が増え、結果的に会話を主導してしまうのだと思っていたけれど、そうとも限らないのかもしれない。返事が遅いとしびれを切らし、「セーター着たら？」「公園で遊ぶ？」とつい先回りしてたたみかけてしまう。息子が思考を言語化して口に出すまで、待ってやれているだろうか。頭を整理する時間をじゅうぶん与えられないまま、先へ先へと勝手に話を進められては、息子も口をつぐむしかない。

「お気持ちはわかります」

黙りこんだ明代に、高村先生は厳《おごそ》かに言った。

「でも、もう少し本人の力を信じて、一歩ひいて見守ってあげてもいいかもしれませんね」

息子の淹れたコーヒーは、濃くて熱かった。

「おいしいわ」

明代が言うと、カオリさんは自分が褒められたかのように破顔《はがん》した。

「わたしが淹れるより、断然おいしいんです」

「急いじゃだめなんだ、コーヒーは」

息子もまんざらではなさそうだ。カオリさんが首をすくめて、明代に向き直った。

「せっかちなんですよ、わたし」

「あら、そう？　落ち着いて見えるのに」

「おれも、最初はそう思ってたんだけど」

息子がぼそりと言い、カオリさんが軽く眉を上げた。

「けど？」

息の合ったかけあいを聞いて、お似合いじゃないの、と明代は先ほども思ったことをまた思う。ふたりとも、この間より肩の力が抜けているようだ。前回は気が張っていただけで、ふだんはこういう調子なのだろう。

家族以外の前でこんなにくつろいだ顔つきをしている息子を、はじめて見た。というか、明代と一緒にいるときより生き生きしている。さみしい気もしなくはない――いや、かなりする――けれど、機嫌のいい息子の顔を眺めていると、自然に気持ちが明るくなる。

「おかわりは？」

息子にたずねられて、早くもカップが空になっているのに気づいた。

「うん、いただくわ」

「わたしも」

ふたり分のカップをひきとった息子が、キッチンへ向かう。腰回りが少し太ったかもしれない。幸せ太りというやつだろうか。

一歩ひいて、見守る。高村先生の教えを、その後も明代は折々に思い返した。実践しようと努めてもいた。

まずは自力でできるところまでめいっぱいやらせて、助けを求められたときにだけ手を貸してやる。口を出したくなってもがまんして辛抱強く待つ。よかれと思って助言しても、かえってペースを乱してしまいかねない。

むろん、言うは易《やす》く、行うは難《かた》かった。それでも、息子が成長するにつれ、しだいに万事がうまく回るようになっていった。息子は知恵と自信を、母親は忍耐力と遠慮を、めいめい身につけた。頼りなげに見える息子の意外な根気とねばり強さに、明代は驚かされた。経験豊富な高村先生は、教え子の個性をいちはやく見抜いてくれていたのだろう。

かくして、内向的で周りから取り残されがちだった少年は、ひとりでも己の道を着実に突き進む自立心旺盛な青年に育った。進学先も就職先も、両親にはなんの相談もなく、さっさと独断で決めてしまった。東京の大学を受験することも、卒業後も地元には戻らず都内で働くことも、事後報告ですませた。

息子の決断を、明代は尊重してきた。少なくとも、本人の前ではそうふるまっていた。反対しても、どのみち耳を貸しやしない。心配だとこぼしたり、薄情だとぼやいたりするのは、夫とふたりきりになったときだけと決めていた。

それでよかったのだろう、と唐突に思う。自ら選びとった道を歩んできた息子は、今、見るからに幸福そうだ。

二杯目のコーヒーを飲みかけたとき、電子音が鳴った。

息子がポケットからスマートフォンをひっぱり出して、顔をしかめた。カオリさんが首をかしげる。

「会社？」

「うん。さっき、今日は無理だって断ったのに」

駅で電話していたのも、この件だったのだろうか。

「出てあげたら？　お母さんのことは、気にしなくていいから」

明代も口を挟んだ。一度断られたのに、またかけてきたということは、よっぽど困っているのだろう。母親に気を遣ってくれるのはありがたいが、その気持ちだけでじゅうぶんだ。ふたりの住まいも、暮らしぶりも、垣間見る《かいまみ》ことができた。生まれてはじめて、息子が淹れたコーヒーも飲んだ。

着信音は鳴りやまない。息子が画面に目を戻し、通話ボタンにふれた。


夕食の時間までには帰ってくると言い置いて、息子はあわただしく出ていった。

明代たちふたりは散歩がてら、話に上っていた神社に参拝することにした。少しはうちとけてきたとはいっても、部屋で顔を突きあわせていては間が持たない。外のほうがお互いに気楽だろう。

マンションを出て、来た道を引き返す。改札口の前を素通りし、跨線橋《こせんきょう》を渡って駅舎の反対側に抜けると、行く手に立派な鳥居がそびえていた。

橋の途中で線路を見下ろしながら、カオリさんが言った。

「ツトムさん、電車が好きなんですよね？」

マンションからも、線路が少しだけ見えるという。引っ越してまもなく、息子がベランダに出たきりいつまで経っても部屋の中へ戻ってこないので、どういうわけかといぶかしんだらしい。

「なにしてるのって聞いたら、電車が見える、って。車種のこととか路線のこととか、細かく説明してくれるんです。正直、わたしはあんまりよくわからないんですけど」

「あの子、電車の話になると、とまらないでしょう」

あんなに大きくなっても、そういうところは子どものときと変わっていないのだ。ふと思い出して、明代は言葉を継いだ。

「小一のときに、ツトムに仲よしのお友達ができてね」

一年一組に、息子に負けないくらいの電車好きがいたのだった。

同じ町内に住んでいて、それぞれの家を行き来したり、外で遊んだりした。通学路の途中にある河川敷《かせんしき》の公園が、ふたりのお気に入りだった。川にかかった鉄橋をゆきかう電車を、心ゆくまで眺められるからだ。最初は明代が毎回送り迎えをしていたが、夏休みに入ったあたりからは息子ひとりで行かせるようになった。徒歩で数分の距離だし、特に危険な場所もない。他の小学生たちも、子どもどうしで出歩いている。親がべったりとくっついていたら、息子も肩身が狭いかもしれない。

ひとりで大丈夫かと明代が持ちかけてみると、息子は勇んでうなずいた。そのかわり、危ないことはしないようにとしつこく言い聞かせた。車に気をつけること、水には入らないこと、それから、知らないおとなにも注意すること。もともと人並み以上に警戒心の強い子で、見ず知らずの他人にふらふらとついていくようなことはないはずだけれど、念には念を入れたほうがいい。

夏休みも残りわずかとなった八月末に、事件は起きた。

その日も息子は友達と会う約束をしていた。昼食の後で河川敷の公園に出かけていくのを見送り、明代は商店街で夕飯の買い出しをした。帰宅すると留守番電話に伝言が入っていた。件《くだん》の友達の、母親からだった。うちの子が出がけに転んで怪我をした、これから病院に連れていく、急で申し訳ないが今日は一緒に遊べなくなった、というような内容が、動揺をうかがわせる早口で吹きこまれていた。

当時はまだ、少なくとも明代のような専業主婦の間では、携帯電話がそこまで一般的ではなかった。親どうしの連絡には自宅の固定電話を使った。携帯電話を持たされている小学生も、明代の知る限りではめったにおらず、息子も例外ではなかった。事の次第を伝えるためには、明代が河川敷まで行くしかない。家に帰ってこないということは、まだ友達を待っているのか、それとも公園にいた他の子とでも遊んでいるのか、いずれにせよ早く事情を知らせてやったほうがいい。

暑さのせいか、平日の中途半端な時間帯のせいか、川沿いの遊歩道に人影はまばらだった。

急ぎ足で歩いたら、公園にたどり着いたときにはすっかり汗だくになっていた。ここも、いつになく閑散としている。遊具で子どもが何人か遊んでいるけれど、息子は見あたらない。すれ違いになってしまっただろうか。それなら家で待っていればよかった。がっかりしつつも、明代は一応公園の中に足を踏み入れた。もう一度ざっと周囲を見回してみて、奥のベンチに目がとまった。

ぎょっとした。

入口の手前から見たときも、そのベンチは視界に入っていた。注意をはらわなかったのは、腰かけているのがおとなだったからだ。その男の陰になって、隣に座ったもうひとりの姿を見落としていた。

息子は足をぶらぶら揺らし、見知らぬ男になにやら熱心に話しかけていた。

「ツトム！」

自分でも驚くほどの大声が出た。ほとんど悲鳴だった。

ふたりが同時にこちらへ顔を向けた。そのときにはもう、明代は走り出していた。ベンチまで全速力で駆け寄り、ぽかんとしている息子の腕をひっつかんで立たせ、肩を抱いた。

「なにしてるの？」

息子はおびえたように目を見開くばかりで、なんとも答えない。男が明代たちを見比べて、しどろもどろに言った。

「あの、一緒に、電車を……」

二十歳前後だろうか。部屋着のようなだらしない格好で、ぼさぼさの髪に無精ひげを生やしている。肌は生白く、ぶよぶよと太っていて、いかにも不健康そうだ。

明代が無言でにらみつけてやると、男はおどおどと目をふせた。

息子の手をひっぱって、明代は歩き出した。公園を出て肩越しに振り向いたら、男はまだ同じ姿勢でうなだれていた。そこではじめて足が震えてきた。それまでは無我夢中で、恐怖を感じる余裕すらなかった。

「知らないひととは話しちゃだめって、いつも言ってるでしょう?」

声も震えた。日頃から聞きわけのいい息子を、あれほど感情的に叱《しか》りつけたことは、後にも先にもない。

「ごめんなさい」

息子は当惑しているふうだった。事の深刻さがのみこめていないらしい。でも、と遠慮がちに言い訳しようとするのをさえぎって、明代は念を押した。

「お願いだから、二度とこういうことはしないでちょうだい」

叱責《しっせき》というより、懇願《こんがん》に近かった。

今後あの公園には行かないように、息子に約束させた。知らないおとなとは絶対に話をしないように、とも。数日後に二学期がはじまり、学校にも一部始終を報告した。

なんの気なしにはじめた昔話は、思いのほか長くなってしまった。

「なんだかごめんなさいね、とりとめもなく長々と」

ひとわたり話し終え、はたとわれに返って明代は詫びた。鳥居はとっくに過ぎて、木立に囲まれた参道の途中まで来ている。周囲には観光客がぞろぞろと歩いている。外国人も多い。

「いえ、おもしろいです」

カオリさんは例によって礼儀正しい。

「それで、どうなったんですか?」

高村先生から電話をもらったのは、それから半月ばかり経った、九月の下旬のことだ。

先日の件で、と切り出され、明代は身構えた。あの男がなにかしでかしたのではないかととっさに思ったのである。

でも違った。

二学期がはじまって早々、明代からの連絡を受けて、不審者に注意するようにと先生は教室で周知してくれたそうだ。名前こそ出さなかったものの、息子は自分の話だと察したようで、きまり悪そうに聞いていた。そして、昼休みに先生のもとへやってきた。

「お兄さんに謝りたい、って言うんです」

明代は耳を疑った。

「お兄さんって、あの、公園にいた男性のことですか?」

「わたしも驚きました」

言葉とはうらはらに、先生は淡々と答えた。

「ツトムくんが言うには、彼と話すのはあの日がはじめてじゃなかったそうで」

驚愕《きょうがく》と混乱で、明代の頭はくらくらしてきた。そんなこと、聞いていない。息子は話してくれなかった。わたしには。

どうして。胸の内で自問して、受話器をきつく握りしめた。わかりきったことだ。明代が聞く耳を持たなかったからに違いない。息子はなにか言いたそうだったのに、頭ごなしに責めたてて、弁解させてやらなかった。

「お友達も一緒に、たまにお喋りする仲だったらしくて。三人とも電車が好きで、話が合ったみたいです」

息子にとって「お兄さん」は、物知りで頼りになる先輩とでもいうべき存在だったらしい。だから、自分のせいで彼が悪者扱いされてしまったのを気に病《や》んでいた。しかし、あの公園には行かないと約束したからには、会って謝るすべはない。

「どうしたらいいかと相談されまして、お手紙を書いてみたら、ってすすめたんです。先生が届けてあげるから、って」

そうでなくても、近いうちに現地を視察しようと考えていたという。問題があるようなら、しかるべき対策を講じなければならない。

息子から預かった手紙を携えて、先生は河川敷に足を運んだ。渡すかどうかは、相手に会ってから判断するつもりだった。公園のベンチには、息子から聞かされたとおりの特徴を備えた若者が座っていた。

「びっくりしましたよ」

先生の声が少しやわらかくなった。

「彼、わたしの教え子だったんです」

大学受験に失敗し、現在は浪人生活を送っているそうだ。勉強の息抜きに、ときどき電車を眺めに行くらしい。

「そういえば、小学生のときから電車に目がなかったんですよね」

ぱったり姿を見せなくなった少年のことを、向こうも気にしていた。母親の剣幕からして、こっぴどく怒られたのではないかと案じていたのだろう。自分から挨拶してきちんと釈明すべきだったのに、うろたえて挙動不審になってしまったとしょげていたという。

「昔から、なんというか、ちょっと不器用なところがありまして。本人も、配慮が足りなかったと反省していました」

再びきまじめな口ぶりに戻って、先生は続けた。

「わたしからもお詫び申し上げます。ご心配をおかけして、申し訳ありませんでした」

カオリさんが興味深げに聞き入ってくれたおかげで、つい興が乗った。息子の幼稚園時代や高村先生との出会いまで、さかのぼって喋ってしまった。

「そんなことがあったんですね。全然知らなかった」

「あの子も、もう忘れてるかも」

　こういう思い出話を息子に振ってみても、忘れた、とすげなく流される。両親の胸にはかけがえのない記憶として刻みこまれていても、本人には思い入れがないらしい。幼かったわが子に全身全霊で必要とされていた時代を、とかく親はなつかしみたがる。かわいかったと褒めそやされても、子の側にしてみれば非力で未熟だったと言われているようなもので、今さら蒸し返されてもわずらわしいだけなのだろう。

「よかったら、またいろいろ聞かせて下さい」

　カオリさんに言われて、少しうれしくなった。

　息子のことだから、あまり自分の話をしているとも思えない。明代はもう慣れてしまっているが、恋人にとっては物足りないかもしれない。

「ええ、ぜひ」

　息子について知りたいと思ってくれるのは、愛情の証《あかし》ともいえるだろう。息子ばかりが熱を上げているのではないかと勘ぐるなんて、あの子にもカオリさんにも失礼だったかもしれない。息子のことを、また息子が選び息子を選んだ相手のことを、信じるべきだった。

　次は、なにを話そう。この話の後日談はどうだろう。

　息子の手紙には、返事が届いた。小学校宛てに郵送された葉書を、高村先生が息子に手渡してくれた。

　お元気ですか。手紙をどうもありがとう。また一緒に電車を見ましょう。癖のある字で綴《つづ》られた文面を、明代も読んだ。息子に見せてもらったのだ。そうするように、先生にもすすめられたらしかった。

「お兄さんはいいひとだよ。電車のこと、いろいろ教えてくれるんだ」

息子の言うとおり、朴訥《ぼくとつ》とした文章からも彼の人柄はうかがえた。気は小さいが優しくて、子どもを危ない目に遭わせるようなことはないはずだと先生も話していた。息子たちにもそれは伝わっていたのだろう。だからこそ、年齢を超えて心が通じあったのだ。

「勘違いしちゃって、ごめんね」

明代があらためて詫びると、息子の表情は目に見えて和らいだ。

「お母さん、もう怒ってない？」

先生から電話をもらった日にも話はしたものの、まだ安心しきれていなかったらしい。明代は大きくうなずいた。

「お母さんが悪かった。ツトムの話を、もっとしっかり聞くべきだった」

「僕、話をするの、下手くそだから」

息子はもじもじして言った。

「だけど、がんばれって先生に言われたの。伝えないと伝わらないよって。お母さんはきっとわかってくれるから、大丈夫だって」

「話してくれて、ありがとうね」

明代は思わず息子を抱きしめた。

「お手紙は便利だね」

くぐもった声が、胸もとから響いてきた。

「口で喋ってると、なんて言ったらいいか、途中でわかんなくなっちゃうでしょ。でも手紙だったら、ゆっくり考えられる」

このことも、息子に話せば、覚えていないと冷たく一蹴されてしまうだろうか。まあいい。わたしが覚えているから、かまわない。

なんだか気持ちが浮きたってきて、はりきって口を開こうとしたとき、突然、目の前にぬっと壁が現れた。

いや、壁じゃない。立ちすくみながら、思う。人間だ。

西洋人の若い男女だった。背丈は明代の三割増しで、胴回りに至っては倍以上ありそうだ。こちらを見下ろして、親しげな笑顔で話しかけてくる。なにを言っているのかは皆目わからない。

体をこわばらせるばかりの明代とは対照的に、カオリさんは頼もしかった。さっきまで明代と話していたときと同じ、にこやかな笑顔で、差し出されたスマートフォンの画面を指さしてきぱきと説明している。まもなく問題は無事に解決したらしく、ふたりはサンキューサンキューと二重唱さながらに連呼すると、道の先へと歩いていった。

「本殿に行きたかったみたいです」

遠ざかっていく彼らを見送って、カオリさんが言った。なにしろ足が長いから、あっというまに距離が開く。

息子の話を続けようか、少々迷ったものの、明代は話題を変えることにした。

「東京は観光客が多いっていつもニュースでやってるけど、本当なのね」

外国語のやりとりをぼんやりと聞き流している間に、いくらか頭が冷えていた。ちょっとはしゃぎすぎて、前のめりになってしまっていたかもしれない。

昔話を聞かせてほしいとカオリさんが言ったのは、まったくの社交辞令でもないのだろう。でも、明代のお喋りばかりにつきあわせるのも悪い。たとえ話に飽きてきても、カオリさんはおくびにも出さずに完璧な相槌を打ってくれるはずだから、なおさらだ。

「はい。うちの近くでも、よく見かけます」

カオリさんが白い歯を見せて微笑《ほほえ》んだ。


本殿の周辺も、参拝客でひときわにぎわっていた。拝殿の前に行列ができている。明代たちは最後尾についた。

「どうしたの?」

左右を見回しているカオリさんに、明代はたずねた。見かけによらずせっかちだという話が思い出され、待たされて気が急いているのかとも思ったが、音楽が、とカオリさんは腑に落ちない顔で答えた。

「太鼓みたいな音が聞こえませんか?」

言われてみれば、人々のざわめきにまぎれて、重々しい音色がどこからか響いてくる。太鼓か、銅鑼《どら》のようなものかもしれない。カオリさんにならい、明代もぐるりと境内を見渡してみたものの、それらしい楽器はどこにもない。奥のほうでなにかやっているのだろうか。

きょろきょろしていたら、大股でこちらへ歩いてくる人影が目にとまった。

「あ、さっきのひとたち」

「お参りできたのかしらね」

言いかわしている明代たちにいそいそと近づいてきた彼らは、興奮ぎみの早口でなにやらまくしたてた。

先刻にも増して表情豊かで、身ぶりも激しい。天をあおぎ、胸に手をあて、境内のそこかしこをしきりに指さしてみせる。すばらしい建築に感激したと伝えたいのか、道案内の礼をのべているのか、いずれにしても、明代は作り笑いを顔に貼りつけて立ち尽くすしかなかった。カオリさんのほうは、悠然と耳を傾けている。

ふたりが手を振って立ち去った後で、明代は聞いてみた。

「なんて言ってたの？」

カオリさんが目を泳がせた。

彼女らしくもない表情に、明代は意表をつかれた。説明しづらいような内容なのか。でも、行きずりの外国人どうしが、そんな込み入った話をするだろうか。面食らっていると、さあ、とカオリさんが小さな声で答えた。

「わかりません」

「え」

「すみません」

明代が目をまるくしていたら、カオリさんの声はますます小さくなった。顔が赤い。

「いえいえ、そんな。わたしだって、なんにも聞きとれなかったし」

ようやく事態がのみこめて、明代はあわてて言った。

「それに、最初に道を聞かれたときには、通じてたでしょう?」

「あれは地図を見て、なんとか」

恥ずかしい、とカオリさんは力なくつぶやいた。

「さっきの、あれですね」

「さっきの?」

「お話しして下さった、小学校の先生の。わからないこと自体が問題じゃなくて、ごまかすのがだめだっていう」

つまり、外国語を理解できなかったことではなく、理解しているふうに装《よそお》ったことを、悔やんでいるらしい。

でも、そうして背伸びしてしまったのは、恋人の母親の前だったせいもあるだろう。そう考えると、明代もなんとなく責任を感じる。しょんぼりしているカオリさんを元気づけたいが、気の利いた言葉が浮かばない。それこそ高村先生なら、こんなときにうまく励ましてあげられそうだけれど。

先生は、お元気だろうか。

二年生でも持ち上がりで担任してもらえないかという明代の期待はかなわず、翌年、先生は市の北部にある学校に転勤になった。教頭に就任したと噂で聞いた。

その後はじかに顔を合わせる機会は一度もなかったけれど、息子が一年生だったときの連絡帳を、明代はずっと手もとに置いていた。不安になればページをめくり、一年一組でのめざましい成長ぶりを振り返った。端正な赤ペンの文字を目で追うだけでも心が鎮まった。口頭で話すよりも手紙のほうが伝えたいことをゆっくり考えられる、と幼い息子は言っていたのだったが、文字を通したやりとりにはもうひとつ利点がある。後から何度でも読み返せるのだ。

河川敷にいた若者の正体を電話で知らされた翌日、このたびはお騒がせしました、先方にも申し訳ないことをしてしまいました、と明代は連絡帳にも謝罪の言葉をしたためた。親御さんが心配なさるのは当然です、お子さんを守るために正しい行動をなさったと思います、という先生の返事に、ずいぶんと慰《なぐさ》められた。彼からの葉書を息子に読ませてもらったときは、その旨を報告した。今日ツトムくんからも聞きました、お母さんとお話ができてとってもうれしかったそうです、と先生は書いてくれた。

あの連絡帳を、長らく手にとっていない。どこかにしまってあるはずだから、家に帰ったら探してみよう。

参拝の順番が回ってくる頃には、カオリさんの顔色もいくらかよくなっていた。

ふたり並んで賽銭箱《さいせんばこ》に小銭を投げ入れ、柏手《かしわで》を打って目をつむった。明代の願いごとはいつも決まっている。家族が健康で、幸せに過ごせますように。心の中で唱え、これまたいつものように夫と息子の顔を思い浮かべてから、もうひとり新たな顔も加えてみた。まぶたを薄く開けて、隣をうかがう。彼女はまだ神妙に手を合わせている。

拝殿の石段をちょうど下りきったところで、境内にどよめきが起きた。

明代たちは顔を見あわせ、立ちどまった。首をめぐらせると、横手の廻廊に、大河ドラマから抜け出てきたかのような雅やかな行列が姿を現していた。

烏帽子《えぼし》をかぶり狩衣《かりぎぬ》をまとった神職と、鮮やかな緋《ひ》色の袴《はかま》をはいた巫女《みこ》たちに先導され、白無垢《しろむく》の花嫁と紋付羽織袴の花婿がしずしずと歩いてくる。後ろにつき従う二組の男女は、両親だろう。父親ふたりは黒いモーニング、母親たちは留め袖を着ている。招待客の一団も、後に続く。こちらも和洋入りまじった盛装だ。

しかしなんといっても、主役は新婦だった。すがすがしい秋の陽光を浴びて、純白の綿帽子《わたぼうし》が輝いている。

道を譲った一般の参拝客が、拍手したりカメラを向けたりしている。明代も思わず感嘆の声をもらした。

「きれいねえ」

口にしたそばから、ひやりとした。

なんの含みも他意もない、自然な感想だったけれど、カオリさんをいやな気分にさせてしまったかもしれない。そっと横を盗み見る。カオリさんも、まぶしげに目を細めている。

「きれいですね」

穏やかな声音だった。どう応えようか、明代はつかのま迷う。このまま会話を続けていいものか、はたまた話をそらすべきか。

不自然な間をいぶかってか、カオリさんが小首をかしげた。明代の顔を一瞥《いちべつ》し、なにやら合点《がてん》したようで、いたずらっぽい笑みを浮かべる。

「もしかして、わたしに気を遣って下さってるんですか」

「いえ、あの、そういうわけじゃ」

明代はどぎまぎして言いつくろった。

「ありがとうございます。でも、大丈夫です」

カオリさんがまた行列のほうへ目を戻した。

「自分でもびっくりです。結婚式を見て、こんなふうに思えるって」

またしても返答に窮した明代をよそに、うれしそうに言う。

「一生ひとりで生きていこうって決めたのに。また誰かと一緒にいたいって思うようになるなんて、うそみたい」

行列は粛々《しゅくしゅく》と進んでいく。清らかな光に照らされた行進を、明代たちは肩を並べて見守った。

3
うちわ

アンコールが終わり、ステージの照明が落ちても、熱い拍手は鳴りやまない。もちろん希実《のぞみ》も手を下ろさない。手のひらはじんじんとしびれているけれど、ちっとも気にならない。このまま夜の部まで手をたたき続けたっていい。

今なら、なんだってできそうだ。伸びやかな歌声が、まだ耳の中でこだましている。

周りの観客たちも席にとどまって、余韻《よいん》にひたっている。興奮ぎみに言葉をかわしている左隣のふたり連れは、希実よりいくつか年下の、二十歳前後だろうか。右隣では、三十代くらいのひとり客がハンカチで顔を覆って肩を震わせている。感極まって涙ぐんでいるファンはけっこう多い。数列前で、高校生と思《おぼ》しきふたりがしかと抱きあってしゃくりあげている。おそろいのTシャツは、片方が黄色で、もう片方がピンクだ。

おそろいなのは女子高生たちだけではない。希実も含め、大勢が同じものを身につけている。ツアー限定のTシャツは全六色で展開され、黄色とピンク以外に、青と赤と緑と紫がある。色によって、誰を推しているかがひとめで見てとれる。

ミラクルズは、六人組の男性アイドルグループだ。マサト、イツキ、リョウ、アサヒ、チアキ、レオ、メンバーたちの頭文字をつなげて〈ＭＩＲＡＣＬＥ〉と名づけられた。厳密にいえば結成当初は七人体制で、〈Ｅ〉のエイタが脱退して以降、レオが〈ＬＥ〉の二文字を担っている。

案内放送にせっつかれるように、ようやく人々がじわじわと動き出した。ぐすぐすと盛大に洟《はな》をすすりあげている隣の客の後ろについて、希実も出口をめざす。

吹き抜けのロビーは、顔を上気させた客たちでごった返していた。開け放たれたドアから吹きこむ冷たい風に頰《ほお》をなぶられ、上着をはおる。場内には汗だくになるほどの熱気がたちこめていたが、十一月の屋外は半袖のTシャツ一枚ではさすがに寒い。

ショルダーバッグを抱え直し、再び前を向いたところで、息をのんだ。数メートル先でドアをくぐろうとしている女性の横顔が、目に飛びこんできたのだ。

「高村《たかむら》さん?」

おもてに足を踏み出すなり、晩秋の陽ざしに目を射貫かれた。正面の広場には物販のテントや軽食のキッチンカーが並び、その向こうできらきらと波が揺れている。風に乗って運ばれてきた潮の匂いが、鼻先をかすめた。

シーサイドアリーナは、その名のとおり海べりに建っている。ここでミラクルズの公演が行われるのは今回がはじめてで、従って、希実がこの街を訪れるのもまたはじめてだった。朝早く大阪を発って昼前には市内に到着し、駅前のビジネスホテルに荷物を預けて、小ぶりのショルダーバッグひとつで会場入りした。

テントの行列を横目に、大股で広場をつっきっていく。並べられた商品にも、そこへ嬉々《きき》として群がる客たちにも、できるだけ目を向けないようにする。立ちどまったが最後、誘惑《ゆうわく》に負けかねない。先週の大阪公演でグッズはさんざん買いこんだ。新たに仕入れる必要はない。予算もない。

地方公演ではわりと辺鄙《へんぴ》な立地の会場も多く、今回のように昼の部と夜の部をはしごする場合、間の空き時間をどう過ごすかが悩ましい。が、このシーサイドアリーナは、希実が足を運んできた各地の会場の中でも、抜群の利便性を誇っている。特急の停まるターミナル駅から歩いて十分もかからず、周囲に飲食店や宿泊施設もたくさんある。

ホテルまで引き返して、チェックインの手続きをすませた。狭い部屋で一息つき、夜の部に向けて荷物を整理する。大事な日だ。万全の装備でのぞみたい。

ペンライトとオペラグラスは、昼の部でも大活躍した。スマホ用のモバイルバッテリーも欠かせない。日が落ちたら冷えこみそうなので、ストールも持っていくことにする。それから、もうひとつ忘れてはならないのが、うちわだ。傷つかないように梱包材《こんぽうざい》でくるんである。

会場のロビーで見間違いをしてしまったのは、直前までこのうちわを握りしめていたせいもあったのかもしれない。

当然ながら、あの女性は高村さんではなかった。ちょうどこっちを振り向いたので、正面から顔を見たら、全然違った。

五年も前に一度会ったきりで、記憶が薄れつつあるのは否めないものの、それにしても似ても似つかなかった。高村さんよりひと回り大柄で、だいぶ若そうだった。人間は五年で老《ふ》けることはあっても、若返りはしない。

ともかく、間違いなく別人だ。高村さんがここにいるはずはない。

五年前、希実と高村さんはミラクルズのライブで出会った。

会場はこのシーサイドアリーナではなく、隣県の山間に建つ総合体育館だった。デビュー十周年を記念した、結成以来最大かつ最長の全国ツアーで、ミラクルズは十数都市をめぐっていた。

希実にとっても記念すべき、人生初の地方遠征だった。北海道から九州まで、片っ端から応募したら、なぜかその会場だけ当選したのだ。どうせなら日帰りできる関西圏の公演のほうがありがたかったが、背に腹はかえられない。連番で二枚とれたので、中学時代から一緒にミラクルズを応援しているマキも誘った。

地元の商業高校を出て、希実は地場のスーパーマーケットに、マキは小さなイベント会社にそれぞれ就職し、四年目を迎えていた。ふたりとも一応は正社員ながら薄給で、おまけに給料もボーナスも惜しみなくミラクルズにつぎこんでしまうものだから、常に金欠だった。節約のために、現地には泊まらず、高速バスで往復しようと決めた。

ところが出発の前夜になって、マキから悲壮な声で電話がかかってきた。

「ごめん、行けなくなった。急ぎの仕事が入ってしもてん」

得意先のイベントで、開催直前にもかかわらず内容を大幅に変更したいと注文をつけられ、部署の全員が総出で対処にあたるという。

「ほんま、ごめんな。希実はうちの分まで楽しんできてな」

マキは電話口で平謝りしていた。心から申し訳なさそうだった。

悪いのはマキではない。横暴《おうぼう》な顧客や、無茶な要望をのんでしまう会社だ。マキを責めてもしかたない。責めるどころか、友達として同情し労《いた》わるべきだった。

それなのに、不満げな声が出てしまった。

「そんなん、断れば？　大事な用があるって説明したらいいやん」

理不尽な上司や面倒くさい人間関係に悩まされるたび、ミラクルズのために稼がな、と希実たちは互いを励ましあってきた。仕事とは、あくまでミラクルズを追いかける軍資金を捻《ねん》出《しゅつ》する手段にすぎない。その仕事のせいで、肝心のライブに行けなくなってしまうなんて、本末転倒もはなはだしい。

「悪いけど、それは無理やわ」

マキが弱々しく答え、希実はますます愕然《がくぜん》とした。

「無理？　マキはミラクルズよりも仕事を優先するってこと？」

んなわけないやん、と即答してほしかったのに、マキは口ごもった。

「優先っていうか……みんなに迷惑かけたくないし……」

「なにそれ？　迷惑かけられてんのは、マキのほうやんか」

希実はつい声を荒らげたが、

「この案件な、ほぼほぼうちに任せてもろててんよ。やから、責任とらな」

とマキはすまなそうな、それでいて平静な口ぶりで言った。説得の余地はなさそうだった。

「わかった。もういい」

よくわかった。マキにとっては、もはやミラクルズより仕事のほうが大事なのだ。

翌朝、希実はひとりで高速バスに乗った。終点のバスターミナルからは、さらに在来線の鈍行電車と路線バスを乗り継いだ。電車もバスも便数が少なく、乗り換えのたびに長い待ち時間をやり過ごさねばならなかった。さびれた町の冬景色は侘《わび》しく、心細かった。

やっと体育館にたどり着いたときには、へとへとだった。入場の受付で、連れが急用で来られなくなったとおそるおそる告げると、係員はいやな顔ひとつせずに座席券を一枚だけ渡してくれた。白い目で見られやしないかとひやひやしていただけに、感じのいい応対に拍子抜けした。さすがプロだとマキなら感心するかもしれない。彼らのような裏方の働きぶりを、マキは職業柄よく観察していた。そもそも今の勤め先を選んだのも、ライブに足繁く通ううち、イベント運営全般に興味がわいてきたためらしい。

今頃、マキは会社で働いているはずだった。仕事の合間に、行きそこねたライブのことを考えているだろうか。ちょっとくらいは後悔しているだろうか。忙しすぎてそれどころではないか。

世間一般の常識でいえば、マキの判断は正しい。世の人々の間では、まっとうなおとなは趣味より仕事を優先するものだということになっている。ひと昔前に比べて、個々人の趣味嗜好が尊重される寛容な時代になったとも言われるけれど、本気でアイドルを追っかけている人間に世の中はそこまで優しくない。十代のうちはまだ許されても、年を追うごとに風あたりは強まっていた。いつまでもアイドルなんかにかまけてどないすんの、と親はしきりに嘆く。ああいうのが好きなんや、と同僚には小馬鹿にされる。えっ、まだ追っかけてんの？　と中高時代の友達からはあきれられ、時には憐憫《れんびん》のまなざしさえ向けられた。彼らの目には、希実たちがかわいそうな病人と映るらしい。十代の少女が罹《かか》りやすい一過性の熱病がなぜか完治せず、いまだ後遺症に悩まされているかのように。

冷ややかな視線も、心ない皮肉も、希実はマキとともに耐えしのんできた。周囲の無理解に愚痴《ぐち》をこぼしあい、これからもミラクルズにすべてを捧げようと誓いあった。マキはかけがえのない同志だった。少なくとも、希実はそう信じていたのに。

座席は、一階の左手後方に位置していた。ひとり客もそれなりにいて、悪目立ちするおそれはなさそうだが、開演後も空いたままになってしまう隣の席は目につくかもしれなかった。来たくてもチケットが手に入らなかったファンも大勢いるのに、貴重な一席をむだにしてしまって肩身が狭い。

そのひとつ向こうに座っているのも、ひとり客だった。

品のよさそうなおばさんだな、というのが、高村さん――その時点ではまだ名前を知らなかったが――に対して希実が抱いた第一印象だ。姿勢がよく、髪型も身なりもきちんとしている。すみれ色のカーディガンに黒っぽい色のスカートという、アイドルのライブよりクラシックコンサートで見かけそうな装いで、もの珍しげに場内を見回していた。こういう場所にあまり慣れていないのかもしれない。年の頃は、希実の両親よりも少し上くらいか。多数派とはいえないものの、浮いてしまうほどでもない。ミラクルズのファンは十代から三十代が圧倒的に多く、ＳＮＳでさかんに情報発信しているのも主にその層だけれど、ライブ会場にはもっと上の世代もやってくる。入場列で希実の前に並んでいたのも、母娘と思しきふたり連れだった。その前年、イツキが大河ドラマの準主役に抜擢《ばってき》され、ファンの幅がぐっと広がった時期でもあった。

イツキは演技のみならず歌もダンスもうまく、なおかつ美形で長身とあって、ミラクルズ随《ずい》一《いち》の人気者だ。かっこいいのは認めるけれど、希実が推しているのはなんといってもアサヒである。あの天真爛漫《てんしんらんまん》な笑顔をひとめ見るだけで、日々の疲れも鬱憤《うっぷん》もたちまち吹き飛び、生きていてよかったとしみじみ実感がわいてくる。冗談抜きで、天使の化身じゃないかと思う。アサヒを地上に遣わしてくれた神様に、心の底から感謝したい。ライブで生の姿を拝めば、一年分の元気を充電できる。

と、空っぽの席越しに、女性客が希実のほうに顔を向けた。

視線を感じたのかもしれない。目が合い、にっこりして会釈《えしゃく》されて、希実も目礼を返した。笑顔を作ったら、ひとりぼっちの所在なさが和らいだ。

楽しもう。抽選を勝ち抜き、はるばる遠くまで来たのに、気を散らしている場合じゃない。ミラクルズとともに過ごせる時間を、心ゆくまで味わおう。よく言われるように、推しは推せる間にとことん推すに限る。だって、いつ、なにが起きるかわからない。

実は、ミラクルズの結成当初、希実はアサヒではなくエイタにぞっこんだった。小学校の卒業文集には、将来の夢として「エイタのお嫁さん」と迷わず書いた。

ところが、デビューから数年後に、エイタは突如として脱退を発表した。独立するわけでもなく、芸能界から引退するという。希実のような一介のファンは、もう一生エイタと会えなくなってしまうのだ。

中学生だった希実は、突然の悲報になすすべもなく打ちひしがれた。本人の意向を尊重し祝福すべきだ、エイタの充実した人生と幸福を祈ってこそ真のファンである、というような正論もネット上では幅を利かせていたが、そうたやすく割りきれなかった。比喩ではなく食事がのどを通らず、ひと月で五キロもやせた。減ったのは体重ばかりではなく、心の一部まで削りとられ、一気に何歳も年をとってしまったように感じた。実際、あのすさまじい悲しみによって、寿命がいくらか縮んだ気がする。思春期の只中《ただなか》に、ああして本物の絶望と向きあったことは、人格にも少なからず影響を及ぼしているのではないかとたまに思う。大病や事故を経験した人々が、以前とはがらりと人生観が変わったと述懐するようなものだ。たかがアイドルの引退でおおげさだと嗤《わら》われるかもしれないけれど、現に希実の日常はあっけなく崩壊《ほうかい》した。

だから決意した。いつだって全力を尽くそう、と。

希実はミラクルズに救われた。エイタが去った後でどうにか立ち直れたのは、アサヒたちのおかげだった。仲間を失って誰よりも心を痛めているに違いない六人が、さびしさをぐっとこらえてエイタの門出《かどで》を祝っていた。その思いやりと心意気に、つくづく惚《ほ》れ直した。それにひきかえ、希実は悲嘆のあまり自分のことしか考えられなくなっていた。幼稚《ようち》で自分勝手だったと深く恥じ入ると同時に、気をひきしめた。ファンとして、残ったみんなをここで支えなくてどうする。

いつ、なにが起きるかわからない――つねづね心の中で唱えてきたその事実を、まったく違う意味で痛感させられる事態が数時間先に待ち受けているとは、このときの希実はまだ知らなかった。

ひと休みしてからホテルを出た。海の方角へ、駅前の大通りをぶらぶらと歩く。銀杏《いちょう》並木が黄色く染まっている。

さっき目をつけておいた、庶民的な店構えのラーメン屋に入った。地方に遠征するついでに近隣の観光地まで足を延ばしたり、地元ならではの名店を訪ねたり、小旅行気分で楽しむファンも多いようだが、希実はご当地のラーメンを食べて会場のそばをぶらつく程度で満足している。

醬油ラーメンを注文し、待っている間にＳＮＳをざっと流し読みした。ミラクルズとシーサイドアリーナの二語で検索をかけると、画面は熱のこもった投稿で埋め尽くされた。昼の部を満喫《まんきつ》した人々は報告や感想を、夜の部に来ようとしている人々は期待や意気ごみを、思い思いに綴《つづ》っている。席のよしあしにまつわる声も目立つ。座席は抽選で決まる。ライブに参戦するファンたちにとっては、重大な関心事だ。

五年前の高村さんは、不運だったとしかいいようがない。

高村さんが落ち着きなく左右に体を揺らしていることに希実が気づいたのは、二曲目か三曲目か、開演直後の熱狂が幾分おさまってきた頃合だった。

リズムに乗っているにしては、動きがぎこちない。いぶかしみつつステージのほうへ視線をすべらせてみて、希実にも合点がいった。一列前の客が、並はずれた巨体の持ち主だったのだ。希実も前に似たような目に遭《あ》って途方に暮れた経験がある。

見るに見かねて、希実は華奢《きゃしゃ》な肩をつついた。横の空席にずれるようにと手ぶりですすめると、高村さんはぱあっと顔を輝かせた。

終演後に、あらためて挨拶をかわした。希実がうすうす予測していたとおり、こういうライブに足を運ぶのははじめてだと高村さんは言った。県内の在住で、車で来たらしい。希実のほうも簡単に自己紹介をした。関西から来たと話したら、目をまるくされた。

今晩はどこに泊まるのかとたずねられ、これから夜行バスで帰ると答えると、高村さんはさらに目を見開いた。

「よかったら、バスターミナルまで送りましょうか？」

公共交通機関だと二時間以上を要した道のりが、車でまっすぐに行けば一時間もかからないという。ありがたい申し出には違いないけれど、初対面の相手にそこまで甘えていいものかとためらっている希実に、せめてこのくらいお礼をさせてほしいと高村さんは言い張った。

「できれば、ライブのお話ももっとしたいし」

それは、希実もまったくもって同感だった。どうにもおさえがたい感動と興奮が、全身を熱く満たしている。外に吐き出さないと、ふくらませすぎた風船みたいに体がぱちんと破裂《はれつ》してしまいそうだ。

　車中の会話は、ミラクルズの話題に終始した。高村さんはイツキの出ていたドラマを見たのがきっかけで、ミラクルズの存在を知ったらしい。以来、歌番組やバラエティーで彼らの姿を追ううちに、いつしかグループ全体を応援するようになっていったそうだ。

「だって、みんなそれぞれ違った魅力があるでしょう」

　おおまじめに言う。

「箱推しですね」

　希実が応えると、怪訝《けげん》そうに問い返された。

「ハコオシ？」

「特定のメンバーだけじゃなくて、ミラクルズごと推すってことです」

「なるほど、そういうこと。言いえて妙だわね」

　その後も、高村さんは教師に質問する生徒さながらに、次から次へと疑問をぶつけてきた。こんなに熱心な生徒が相手だったら、先生も教え甲斐《がい》があるというものだ。何十歳も年上の相手に対して先輩ぶるのは面映《おもは》ゆかったが、「なるほどねえ」とか「あらまあ、ほんとに？」とか、絶妙な間合いの相槌《あいづち》に乗せられて熱弁してしまった。ふだんは誰も希実の話をこれほど真剣に聞いてはくれない。

　希実が持参していた手作りのうちわにも、高村さんは関心を示した。アイドルのライブでは、うちわはあおいで涼むためのものではなく、愛するメンバーに気持ちを伝える道具として使われる。自作しているファンも多い。すてきねえ、と褒められて気をよくした希実は、いくつか持っていた中からひとつを進呈《しんてい》した。真ん中にあしらった〈ＬＯＶＥ〉の四文字はアサヒ担当の赤だけれど、周りに六色のハートをたくさん貼りつけてあるので、箱推しでもさほど違和感はないだろう。

バスターミナルの駐車場まで送ってもらい、別れる前に連絡先を交換することにした。希実はポケットからスマホを出し、そこではじめて、バス会社から届いていたメールに気づいた。

タイトルは、運休のお知らせ、となっていた。

バスが運行を見あわせたのは、積雪と事故が重なり、高速道路が一部通行どめになってしまったせいだった。明日以降の便に振り替えるか、運賃を払い戻すか、どちらにしても今晩の宿は自力で探さなければならない。電車で帰ろうにも、もうまにあわない。大阪や東京なら、終夜営業のファミレスや漫画喫茶で時間をつぶせるけれど、この近くにそんな店はなさそうだ。

困り果てている希実に、よかったらうちに来ないかと高村さんは言ってくれた。

今思えば、たった数時間前に知りあったばかりの他人の家に押しかけるなんて、そうとう厚かましい上にいささか軽率《けいそつ》でもある。高村さんのほうも、見ず知らずの若い女を自宅に連れ帰るとは、なかなか大胆なことをしたものだ。

でも希実には、高村さんが純粋な親切心から手をさしのべてくれたのがわかったし、高村さんにも、希実が本当に弱っているのが伝わったに違いない。もともと、席の一件で、希実に恩を感じてくれてもいた。力を合わせて互いの窮地《きゅうち》を乗り越えようというような、奇妙な連帯感が生まれていた。偶然に偶然が重なって、長い一日が思いもよらないかたちでしめくくられようとしている。その不思議ななりゆきに、希実も、ひょっとすると高村さんも、わくわくしていたのかもしれなかった。

高村さんの家は、立派な一戸建てだった。ひとり暮らしだと車の中で聞かされて、マンションかアパート住まいかとなんとなく想像していたが、希実の実家よりも大きい。急な来客にもかかわらず、室内はきちんと片づいていた。焼きおにぎりと熱々の味噌汁を出してもらい、食べながらまた喋《しゃべ》った。

「ご家族ですか？」

リビングの棚に飾られた写真立てに目をとめて、希実はなんの気なしにたずねた。

紺色のセーラー服を着た女の子を挟んで、今よりもだいぶ若い高村さんと、同年配のきまじめそうな風貌《ふうぼう》の男性が立っている。後ろに校門と、そこに立てかけられた看板も写りこんでいた。高校の入学式らしい。

「娘はずいぶん前に家を出て、三年前に夫も亡くなって。それからは、こうしてひとり暮らしなんです」

しまった、会話の方向を間違えたか、と希実がひやりとしたのを見透かしたように、高村さんはさばさばした調子で続けた。

「最初はさびしかったけど、慣れれば気楽ですよ。ただね、ちょっとたいくつで。わたしは趣味のない人間なので」

「そうなんですか？」

ちょっと意外だった。話している限りでは、好奇心旺盛で活動的な印象が強かった。どんなことにも、前向きに挑戦していきそうなのに。

「こう見えて、けっこう仕事人間で。定年になった後も、ずるずると」

「会社にお勤めだったんですか？」

定年まで勤めあげるなんて、この年代の女性にしては珍しいのではないだろうか。少なくとも、希実の職場にはひとりもいない。

「いいえ、公務員です」

そういえば、役所の窓口ではわりと年配の職員も見かける。定年後もずるずる、というと、嘱託《しょくたく》の身分で残ったのか。そこまで腰を据えて働き続けるなんて、確かに「仕事人間」といえるかもしれない。家の様子からして、経済的な理由でもなさそうだ。

「でも主人のこともあって、なんだか気が抜けちゃって。そろそろ引き際かしら、って」

となると、高村さんはいったい何歳なのだろう。見た目よりはだいぶ上に違いない。定年が六十歳として、その後もしばらく働き、夫の死をきっかけに引退して、さらに三年も経っている。

「失礼ですが、おいくつですか？」

遠慮がちにたずねてみたら、今年で古稀《こき》だと返事があった。古稀って何歳だっけ、と希実がまごついていると、高村さんは言い直してくれた。

「七十歳です」

驚いた。それなら、希実の母より祖母の年齢に近い。

「まあ、今どきは七十代でも、いろいろ楽しめる時代ですよね。うちのひとは、気の毒だった」

七十代を迎えることなく亡くなった夫は、クラシック音楽に目がなかったそうだ。退職し、買いためたレコードを存分に聴き直そうと楽しみにしていた矢先、脳梗塞《のうこうそく》であっけなく逝《い》ってしまった。自慢のプレイヤーと大量のレコードが、いまだにそのまま置きっぱなしになっているという。

「手のつけようがなくって。わたしも娘も、クラシックなんてさっぱりだし、かといって粗大ごみにも出せないし」

高村さんは言葉を切り、微妙に沈《しず》んだ空気を変えようとしてか、明るい声を出した。

「それもあってね、やりたいことは先延ばしにしないほうがいいなって思うようになって。今できるうちにやっておかないと」

ミラクルズのライブも、まさにその意気で応募したらしい。

「こんなに近くで公演があるなんて、またとない機会でしょう?」

「そうですよ。推しは、推せるときに推さないと」

希実が勢いこんで同意すると、高村さんはうふふと笑った。

「名言ね、肝に銘じます。それにしても、こうしてお仲間ができてうれしいわ。いろいろ教えてもらえて心強いです」

「こちらこそ、こんなにお世話になっちゃって」

今さらながら、希実は恐縮した。

「いいえ、お礼を言うのはこっちのほう。実は今日も、どきどきしてたんです。こんなおばあちゃんがのこのこ出かけていって、顰蹙《ひんしゅく》を買うんじゃないかって」

「そんなことないですよ。年齢なんか、全然関係ないです」

会場にいた親子連れの姿を思い出し、なにげなく言い足した。

「娘さんは、誘えないんですか？」

「無理、無理。わたしがライブに行ったなんて知ったら、腰を抜かすかも」

高村さんは即答した。照れくさそうにも、なぜだかちょっと得意そうにも見えた。ミラクルズが好きだということすら、話していないらしい。

「隠すつもりもないけど、伝えるきっかけがなくて。そもそも、顔を合わせないし」

どうして疎遠《そえん》なのか気になったけれど、詮索《せんさく》するわけにもいかない。希実があいまいにうなずくと、高村さんは思いがけないことを言った。

「うちの子、カナダにいるんです。留学して、それっきり住みついちゃって」

棚の家族写真に、ちらっと一瞥《いちべつ》をくれる。もう少し娘の話題を続けるのかと思ったら、希実に水を向けてきた。

「あなたは？　お母さんとライブに行ったりします？」

「まさか」

今度は希実が即答した。

「親には文句ばっか言われてます。アイドルなんか追っかけてないで、いいかげん地に足つけろって」

特に、母がうるさい。あんたのためを思って言うてんの、人並みの幸せをつかんでほしいんよ、などと訳知り顔で説教してくる。希実はミラクルズを追いかけてさえいれば、人並み以上に幸せなのに。

仕事三昧《ざんまい》で趣味がなかったと先ほど高村さんは自嘲していたが、希実は逆だ。趣味しかない。

「ままならないわねえ、お互いに」

高村さんが小さく微笑んだ。

「でも、そんなに若いうちから好きなものに出会えたって、それこそ幸せじゃないかしら？わたしはすっかり出遅れちゃったから」

笑みをひっこめ、希実の目をまっすぐに見つめて、

「うらやましいわ」

と、真顔で言い添えた。

その後も、高村さんとはほそぼそとやりとりが続いた。希実が世話になったお礼に菓子折を送り、すかさず高村さんから達筆の礼状が届き、以降、たまに近況を知らせあう仲になった。

近況といっても、希実自身の日常には、とりたてて語るべき出来事は少ない。ミラクルズの活躍を支えに、心を無にして地味な仕事をこなし、母の嫌味を聞き流し、代わり映えのしない毎日を過ごしていた。

もっとも、しだいに両親もあきらめの境地に近づいてきたようだ。希実が以前にも増して、自信を持ってわが道を突き進んでいるからかもしれない。

高村さんが言ってくれたとおり、たぶん自分は幸せなんだろうとあらためて気づかされたのだった。自分で稼いだお金で、自分の好きなことをのびのびやっている。誰にも依存せず、干《かん》渉《しょう》せず、迷惑もかけていない。迷惑どころか、機嫌がいいおかげで周囲にも優しくふるまえる。

ミラクルズの六人は、それぞれに活動の場を広げている。単独の仕事も増えて、もはや全員分の露出は追いきれないほどだ。リョウはファッションブランドを立ちあげ、マサトは小説を出版した。アサヒは俳優業に力を注ぎ、演劇の舞台やミュージカルにも精力的に取り組んでいる。

ライブも劇も、希実はひとりで見にいっている。マキはあの後まもなく、ミラクルズのファンを卒業してしまった。職場の同僚と結婚し、もうすぐ子どもが生まれる。残された希実は、一時期はＳＮＳでつながった同好の士とチケットを融通しあったり情報交換に精を出したりもしたものの、ひとりのほうが気楽だという結論に至った。

ただ時折、胸の内で燃えさかる感動を、誰かに伝えたくてたまらなくなる。新曲のメロディーがどんなにすばらしかったか、六人のダンスがどんなに息が合っていたか、アサヒの演技がどんなにみごとだったか。たとえばライブ会場からの帰り道に、あるいは自宅に戻って余韻をかみしめている深夜に、「聞いて！」と叫び出したい衝動にかられる。

そんなとき、まっさきに思い浮かぶのが高村さんの顔だった。

希実がスマホでメッセージを送ると、たいていすぐに返信が届いた。文字を打ちこむのが苦手らしく、文面はごく短い。かわりに後日、葉書が送られてくる。こちらにはびっしりと文章が綴《つづ》られ、またお会いしたいですね、と毎回同じ文句で結ばれていた。

ところが今年の春先に、珍しく高村さんのほうから連絡があった。

〈お願いしたいことがあります〉

詳細については言及がなく、希実はてっきりミラクルズのライブのことかと思った。折しも、秋口から年末にかけての全国ツアーの概要が公開されたばかりだったのだ。

高村さんがライブに足を運んだのは、あの一度きりだった。また近くで公演があれば行きたいと言っていたけれど、その機会はめぐってこなかった。県外まで遠征する気になったら一緒にチケットを申しこもうと希実は前から誘っていた。

〈なんなりと〉

返信したら、折り返し電話がかかってきた。女のひとにしては低めの、張りのある声音を、五年ぶりでも耳が覚えていた。

持ちかけられた頼みごとは、希実の予想とまったく違っていた。

「近々、引っ越すことになったんです」

挨拶をかわした後、高村さんは切り出した。

希実は別段驚かなかった。七十代も半ばにさしかかった女性がひとりで住むには、あの一軒家は広すぎるだろう。新居は、隣県にある高齢者向けの集合住宅だという。居室は手狭で、最低限の荷物しか持っていけないため、目下持ちものを整理しているらしい。

「それで、もしよかったら、ミラクルズ関連のものをひきとってもらえませんか」

「いいんですか?」

希実が念を押したのは、遠慮したわけではなく、釈然《しゃくぜん》としなかったからだ。

マキが結婚したときにも、似たようなやりとりを経て、希実はミラクルズのグッズを大量にもらい受けた。マキが口にした理由も、高村さんのそれと同じだった。新居には置く場所がないからと言い訳されて、希実は理解に苦しんだ。だったら、他のものを捨てればいい。希実なら、なにをさしおいてもミラクルズのグッズだけは手もとに置いておきたい。他にはなんにもいらない。

希実の声に含みを感じとったのか、高村さんの返事は歯切れが悪かった。

「もう、こんな年齢ですから。この機会に、少し身辺をすっきりさせておこうかと」

いやな予感がして、希実はこわごわたずねてみた。

「もしかして、お体の調子が悪いとか?」

「いえいえ、そういうわけじゃないんだけど」

あっさりと否定され、またもや複雑な気分になった。元気なのはもちろん喜ばしいけれども、それならわざわざグッズを手放すこともないのに。

家に泊めてもらったとき、自分は出遅れてしまったと高村さんはぼやいてみせた。遅すぎるってことはないですよ、ちゃんとこうしてミラクルズに出会えたんだし、と希実は励ました。じゃあこれからがんばって取り返さなくちゃ、と高村さんはうれしそうに笑っていた。あの夜から、まだ五年しか経っていない。

けれどひょっとして、高村さんもマキと同じく、もうミラクルズに関心がなくなってしまったのだろうか? 完全になくなったわけではないにしても、熱が冷めたのだろうか? はりきっているように見えたのに?

「わかりました。お手空《てす》きのときに送って下さい」

よけいなことを口走ってしまう前に、希実はそそくさと電話を切った。

翌月、高村さんから宅配便が送られてきた。ずっしりと重たい箱を開けると、一番上に梱材でくるまれたひらべったい包みが入っていた。手にとって、その薄さと軽さにはっとした。

うちわだ。

あの夜、希実がうちわを譲ったら、高村さんはすごく喜んでいた。後からもらった葉書にも、〈貴女に頂いた団扇《うちわ》を手に、ライブのＤＶＤを堪能《たんのう》しています〉としたためられていた。

高村さんの葉書は漢字だらけだ。うちわはこう書くのかとはじめて知った希実は、勉強になりました、とメッセージを送った。〈いつもおそわってばかりなので、たまにはおやくにたててよかったです〉と返信があった。漢字変換が不得手らしく、メッセージの文面には葉書とは対照的にひらがなが多用される。

でも、これももう要らなくなったのか。

悲しくなってきて、希実はうちわの包みを箱の中に戻し、ふたを閉めて部屋の隅に押しやった。その下にCDや雑誌なども入っているようだったが、確認する気にもなれなかった。ありがとうございました、と事務的なメッセージだけ打っておいた。

しばらくして、高村さんから転居通知が届いた。印刷された定型文と住所の傍《かたわ》らに、またお会いしたいですね、とおなじみの一文が直筆で添えられていた。ひとこと返事をすべきかとも思ったものの、なんと書こうか迷っているうちに送りそびれてしまった。高村さんからも、それきり音沙汰はなかった。

醬油ラーメンは、魚介系の出汁《だし》が利いたスープが絶品だった。おなかいっぱいで店を出て、腹ごなしがてらアリーナまでゆっくりと歩く。

夜の部をひかえ、広場は一段とにぎわいを増していた。

片隅の、空いていたベンチに腰を下ろした。バッグからうちわを出して梱包材をはぐ。何度見ても、上手にできている。文字はきっちりと等間隔に貼られ、散らばったハートの色あいも配置もバランスがいい。

　放置していた高村さんの宅配便を希実が再び開けてみたのは、ひと月ほど経ってからだった。

　この、シーサイドアリーナのチケットがとれたのだ。第一希望の大阪公演を除いて唯一当選した会場は、奇遇にも、高村さんの新居と同じ県内だった。その偶然に気づいてしまった以上、放っておくわけにもいかなかった。

　箱に詰められた包みを、ひとつひとつ開いていった。DVDもCDも、一枚ずつ丁寧に梱包してあった。せっせと手を動かしているうちに、ひねくれた気持ちもほぐれてきた。もし高村さんがミラクルズに興味を失ったのなら、グッズもさっさと処分してしまえばすむ話だ。捨てるもよし、売りに出すもよし、この量ならまとまった金額になったかもしれない。けれど、高村さんはそうしなかった。荷造りに追われて忙しいさなかに、あえて希実に声をかけ、こうして送ってくれた。

　最後に、うちわの包みに手をかけた。テープをはがし、二重になった梱包材を一枚ずつめくる。

　中から現れたうちわを見たとたん、え、と間の抜けた声がもれた。

　中央に文字を配し、その周りを色とりどりのハートがぐるりと囲むという構図は、記憶のままだった。ただし、そこに書かれている言葉は〈ＬＯＶＥ〉ではなかった。

〈ありがとう！〉

六文字が並んでいる。一字ずつ色が違う。
うちわを胸に抱き、希実はしばし呆然《ぼうぜん》とした。これは、高村さんが作ったのだろう。たぶん希実のうちわを手本にして。そっちは宅配便に入っていなかった。きっと手もとに残したのだ。

急いで高村さんに電話をかけた。ちゃんとお礼を伝えそこねていたことを詫び、新居の様子をたずねた。いたって快適だと高村さんは言った。

十一月にシーサイドアリーナでライブが行われることは、高村さんも知っていた。抽選に応募したものの、落選してしまったそうだ。こんなことなら二枚申しこんでおけばよかったと希実はおおいに悔《く》やんだが、後の祭りだった。本人しか使えないデジタルチケットなので、希実の分を高村さんに譲ることもできない。結局、ライブの後に会場のそばで会う約束をした。すまながる希実に、わたしのことは気にしないで、と高村さんはほがらかに言いきった。ひさしぶりにお会いできるだけでうれしいもの、思いきり楽しんで、お話をたくさん聞かせてね。わかりました、と希実は答えたのだった。

うちわを手に、希実は広場を見回す。どこで記念撮影をしようか。

あちこちうろついてみて、何カ所か、ここぞという場所で写真を撮った。アリーナの建物を背景に、腕をめいっぱい伸ばしてうちわをかざし、看板や垂れ幕もきれいにおさまるように構図を工夫する。同じく試行錯誤しているファンたちが、周りに何人もいる。

ひとしきり撮り終えて、画像を確認した。真っ青な秋空も写りこみ、われながら上手に撮れている。

この写真を、高村さんに見せたかった。見てもらいたかった。

にわかに目もとがじんと熱くなってきて、あわてて上を向く。綿あめみたいな白い雲がぼやけて見える。何度かまばたきを繰り返し、涙はこぼさずにすんだ。

よかった。こんなところでめそめそしていたら、高村さんにたしなめられそうだ。わたしのことは気にしないで、思いきり楽しんで、と。

希実のもとに一通の葉書が送られてきたのは、夏の終わりのことだった。まず表面を見て、首をひねった。宛先には間違いなく希実の名前と住所が書かれているけれど、差出人の女性――下の名前は日本語だが、苗字は外国語らしくカタカナ表記だった――には心あたりがなかった。

葉書を裏返してみて、目を疑った。

〈母　高村正子《まさこ》儀　八月八日に七十五歳で永眠いたしました〉

チケットの座席番号を確認するなり、希実は目をみはった。

ロビーを素通りして、なだらかな勾配《こうばい》のついた通路を進む。下り坂のせいばかりでもなく、ひとりでに小走りになっていた。割りあてられた座席は、昼の部に比べてはるかに前のほうだ。

席に座り、うちわを膝の上に置いた。左右はどちらもまだ空いている。高村さんが来られたらよかったのにな、と思う。

高村さんは、もういない。むろん、希実もその事実は理解している。でも、もう二度と会えないという実感が、どうしてもわいてこない。

五年もの間、一度も顔を合わせなかったからかもしれない。直接会わなくても、つながっていられた。同じように、これからも今までどおり、高村さんはどこか遠くで希実の報告を待ってくれているような気がしてならない。

先月にも、希実はまた見知らぬ差出人から葉書を受けとった。今度は高村さんの娘からではなく、「高村正子先生を偲《しの》ぶ会」の実行委員会からの案内だった。死亡通知と同様に、住所録かなにかをもとに送っているのだろう。希実も高村さんから毎年欠かさず年賀状をもらっていた。

ライブと日が近ければ足を延ばせるかとも思ったけれど、一週間ずれていた。残念な気もしたが、よく考えてみれば、希実が行くべき場でもない。高村さんが教師だったことすら知らなかったのに、教え子の集う追悼《ついとう》会にしゃしゃり出ていくのはおかしい。

会場となる小学校で、高村さんは校長をつとめていたらしい。教師としてかなり出世したといえるのかもしれない。はたと思いつき、インターネットで名前を検索してみたら、自治体や教育関連のホームページを見つけた。市報から転載された追悼記事もあった。心不全による急逝だったようだ。電話で話したときも元気そうだったし、よもやこんなことになるなんて、本人も予期していなかったのかもしれない。ＳＮＳでは、恩師の冥福《めいふく》を祈る卒業生や後輩教員の投稿をいくつも目にした。こういう会が企画されたのも、周囲に慕われていた証だろう。けれど、希実は高村さんの生徒ではなかった。同じ趣味を持つ、仲間だった。だから、そのつきあいにふさわしいやりかたで、希実なりに高村さんを偲びたい。

希実はうちわを手にとった。両手で柄を挟んで、くるくると回す。ステージはすぐそこだ。この席でうちわを振れば、アサヒたちの目にもとまるかもしれない。鮮やかな六色の文字も見えるだろう。

ありがとう。高村さんが六人に伝えようとした感謝の言葉を、心の中で読みあげる。

偲ぶ会の葉書には、「高村先生に縁のある品」を集めていると書いてあった。もしもこのうちわを送ったら、実行委員の面々は驚くだろう。それに、会場を訪れる客たちも。

高村さんがミラクルズに夢中だったことを、たぶんみんな知らない。証拠も、確かめるすべもないけれども、希実には確信があった。娘は腰を抜かすかもしれない、と高村さんはいたずらっぽい笑みを浮かべて言ってのけた。実の娘にすら知らせていないのに、歴代の教え子や同僚だった教師たちに、気安く打ち明けていたとは考えづらい。希実の偏見かもしれないが、校長先生という職業には、もっと高尚《こうしょう》というか硬派というか、いわゆる文化的とでも評されそうな趣味が似合う。茶道とか、俳句とか、もしくはクラシック音楽とか。

クラシックなんてさっぱり、とそういえば高村さんは話していた。亡夫の遺品を捨てるに捨てられず、困っているようだった。主人もさぞ無念でしょうねえ、と苦笑していた。わたしが値打ちをわかってあげられればよかったんだけど。

いつか自分がこの世を去ったとき——その日がこんなに早く訪れるとは想定外だったにせよ——、ミラクルズのグッズがそんな運命をたどるのはしのびないと高村さんは考えたのかもしれない。遺された家族を困惑させたあげくに不用なごみとして処分されてしまうくらいなら、大事にしてくれそうな誰かに託したい、その気持ちは希実にもよくわかる。万が一、希実が急死したなら、こつこつ集めてきたグッズはごっそり捨てられてしまうだろう。想像するだけでも、きりきりと胸が痛む。

信頼できる跡継ぎとして、高村さんは希実を選んでくれた。その信頼に希実も応えたい。このうちわはどこにも送らない。これは高村さんと希実と、ミラクルズのものだから。

もうじきライブがはじまる。

高村さんから引き継いだうちわをしっかりと握りしめて、希実はステージを見つめる。まばゆい光がはじける瞬間を、じっと待つ。

4　スーツ

画面に並んだ受信メールの中で、その一通はやけに目立っていた。

アルファベットの間に、所在なげに挟まった漢字とひらがなは、西洋人ばかりの集まる部屋にひとりだけまぎれこんでしまったアジア人を思わせる。受信時刻は三時間前、早朝の四時だ。差出人の国では夜八時頃に送信された計算になる。近頃だいぶ肌寒くなってきたとはいえ、こちらはまだ夏時間で、日本との時差は十六時間ある。

高村正子《たかむらまさこ》先生を偲《しの》ぶ会について。

日本語の題名をにらみ、沙智《さち》はため息まじりにメールを開いた。朝っぱらから面倒くさいけれど、後回しにしてもますます億劫《おっくう》になるだけだ。仕事中にそわそわして気を散らしたくもない。

画面が切り替わり、本文が表示される。日本人からのメールはおしなべて縦に長い。改行が多いせいだ。一行が長くなりすぎるのはよくないとされるらしい。英文の場合は、どんどん文章を連ね、話題が変わるときだけ一行空けて段落をあらためる。また、単刀直入に本題に入ることが多く、くどくどしい前置きや持って回った表現は敬遠される。そのへんは、もはや言語というより国民性の問題かもしれない。いずれにせよ、こちらの作法に慣れてしまった沙智は、たまにこうして日本からのメールを読むと、逐一念を押されているような、顔色をうかがわれているような、まだるっこしい気分になってくる。

お世話になっております、という形式的な書き出しも、日本風である。お変わりありませんか。おかげさまで、会の案内状を無事に発送できました。お忙しい中ご協力いただき、誠にありがとうございました。

ぶつぶつと一行ずつ繰り出される慇懃《いんぎん》な謝礼に、きまりが悪くなってくる。協力といえるほどの協力はしていない。沙智がしたのは、母のために有志でお別れの会を催したいという申し出を承諾したことと、会の開催を告知するために生前縁のあった人々の連絡先を教えたことだけだ。

その連絡先も、沙智が調べたりまとめたりしたわけではない。自分の身になにかあったときに備え、母は周到《しゅうとう》に準備していた。連絡先のみならず、葬儀の段取りや遺品の整理についても細かく書き残してあり、沙智はそのとおりに事を進めた。娘に手間をかけさせまいという心遣いか、なるべく頼るまいという意地だったのか、今となっては確かめようもない。真意はどうあれ、最後の最後までなにもかも自分で決めなければ気がすまないとは、いかにも母らしかった。

それでこそ、あの母だ。いつも思うことを思いながら次の一文に目を移して、沙智は身構えた。

偲ぶ会の開催にあたって、もう一点お願いしたいことがございます。

夫とふたりで家を出て、バス停まで歩いている途中でたずねられた。

「元気ないね。調子が悪い？」

「え、そう？」

ぎくりとして聞き返す。身長が二メートル近くある夫と目を合わせるには、首をそらして見上げねばならない。

夫が片手を上げて指先を眉の間にあてがった。ああ、と声をもらし、沙智もならった。指の関節をあてて、ぐりぐりと円を描くようにもみほぐす。考えごとに気をとられていると、知らず知らず眉根が寄ってしまうのは、昔からの癖だった。若いうちはなんら問題なかったが、四十路《よそじ》を過ぎ、うっすらとしわが刻まれているのを発見して青ざめた。気づいたら注意してね、と頼んで以来、夫は律儀《りちぎ》に声をかけてくれる。

「今日は忙しくなるかなと思って」

沙智が言いつくろうと、夫はのんびりとうなずいた。

「土曜だからね」

夫のこういうところが、沙智は好きだ。深読みせず、詮索《せんさく》せず、万事をおおらかに受けとめる。

「あ、来た」

道の先から走ってくる路線バスが目に入り、足を速めた。この街のバスには時刻表がない。もしかしたら存在はするのかもしれないが、運転手も客も、要するに誰も気にしていない。郊外とダウンタウンを結ぶ路線は、平日は通勤客でそこそこ混むけれど、今朝はがらがらだった。道路も空いている。紅葉した街路樹の間を、バスはすいすいと走っていく。

市街のほぼ中心で、バスを降りた。教会の広場で開かれている朝市のにぎわいを横目に、石畳の大通りから枝分かれした路地に入る。狭い道の奥に重厚な石造りの建物が見えてきて、気持ちが少し落ち着いた。

沙智と夫がここにカフェを開いたのは、十年前のことだ。開店当初から、夫婦ふたりで切り回している。

「カフェ？」

店をはじめたと報告すると、母はぽかんと口を半開きにした。

「あなたが？」

両目をぎゅっと細めて、まじまじと沙智の顔を見つめた。いったいなにを企《たくら》んでいるのか、心の底まで見通そうとするかのように。それとも、外国で飲食店を経営しようなんて無謀《むぼう》だと単にあきれていただけだろうか。沙智はどちらでもかまわなかった。さも想定どおりだといわんばかりに、そうすると思った、と訳知り顔でうなずかれさえしなければ。

母の予想を――あるいは期待を――裏切りながら、沙智は一歩ずつ着実に進んできた。カナダに留学し、永住権を手に入れ、しまいにはカナダ人と結婚した。

十時の開店に向けて、準備にとりかかる。

店内には大小のテーブルが五つと、カウンター席もある。夜八時までの通し営業で、飲みものと軽めの食事も出す。日中はコーヒーやランチめあての客が主で、午後遅くなるにつれ、酒の注文もぽつぽつと入り出す。夫が厨房で沙智は接客という一応の役割分担はあるものの、臨《りん》機応変《きおうへん》にやっている。夫がカウンター越しに注文をとることもあるし、マフィンやクッキーなんかは沙智が焼いている。唯一コーヒーだけは、夫が手ずから一杯ずつ淹《い》れる。

ここはもともと、こぢんまりとした昔ながらの食堂だった。老齢の店主が引退し、沙智たちが店舗を居抜きで引き継いだ。年季の入った内装は、ほとんど創業時のままだったらしい。独特の風情は残しつつ、この十年で修繕《しゅうぜん》も兼ねて少しずつ手を入れてきた。壁を玉子色に塗り、骨董市《こっとういち》で掘り出してきた絵を飾り、厨房《ちゅうぼう》の設備も順に入れ替えた。今では、夫婦の趣味が隅々まで反映され、使い勝手も居心地も抜群にいい。すてきな雰囲気だと客に褒められたり写真を撮られたりするたび、ひそかに鼻が高い。

十時きっかりに、沙智は入口のドアを開け放った。

一番乗りのお客は、土曜の朝に決まってひとりで来店する老紳士だった。華美ではないが品のいい身なりで、季節に合った素材とデザインの帽子を必ずかぶっている。奥の小さなテーブルに、壁を背にして座り、時間をかけてコーヒーを飲み、持参した新聞を読む。家族がいるのか、どんな仕事をしているのか、まるで見当がつかない。

彼に限らず、客の詳しい素性を沙智が知る機会はめったにない。この店でだけ、ほんのつかのま顔を合わせる。姿を見せなくなれば、消息はわからずじまいになる。一見《いちげん》の客は言うまでもなく、何年も通ってくれていた常連でも、いつのまにかふっつりと見かけなくなることは珍しくなかった。その理由を沙智たちが知るすべはない。飽きたのかもしれないし、他の店に鞍《くら》替《が》えしたのかもしれない。遠くに引っ越したのかもしれない。体調をくずして出歩けないのかもしれない。

あるいは、亡くなったのかもしれない。

生前の母にも、そんな行きつけの店があったのだろうか。日々の雑事から一時離れ、一杯のコーヒーを味わうひとときが。考えたそばから、ないな、と沙智は自答する。実家の近所に喫茶店はいくつかあったが、そこでゆったりと時を過ごす母の姿は想像できない。お茶を飲んでいるひまがあったら、その時間を仕事なり家事なりにあてようとするはずだ。そういうひとだった。

しかし喫茶店の店主でなくとも、母の急死を知ったら驚くひとはある程度いるだろう。心を痛めるひとも、おそらくは。

仕事柄、母は尋常《じんじよう》でなく顔が広かった。大勢の教え子や同僚から慕われ、退職した後も交流は続いていた。ただ本人の意向に沿って、葬儀は身内のみで行い、友人知人には事後報告ですませた。

それで、偲ぶ会が開かれることになったのだ。

発起人《ほつきにん》は、母がかつて校長として赴任していた小学校の、現校長である。新任の頃から母とは懇意《こんい》にしていたそうだ。会の企画と準備を着々と進めていく行動力からして、母と気が合ったというのもうなずけた。実務面は、配下の教職員が手分けしてあたっているようだ。沙智との窓口は小田《おだ》という男性教師が担っている。

今朝のメールも、小田から送られてきた。これで三通目になる。先月の上旬に届いた一通目の書き出しには、高村校長には教育実習で大変お世話になりました、と記されていた。母が校長職についていた時期に大学生だったとすると、おそらく沙智と同世代だろう。続いて、会のおおまかな構想が綴《つづ》られ、遺族の了承を得たいと結んであった。どうぞご自由に、と沙智が返信したら、丁重な謝礼とともに、具体的な企画書が送られてきた。会場は小学校の体育館で、献花台を用意し、簡単な式典も行う。市内に住む卒業生にも、なんらかの手段で周知したいということ。

沙智の返事は、前回とそっくり同じだった。どうぞ、ご自由に。

すべて先方に一任し、沙智は一切関与していない。会場で挨拶してもらえないかと頼まれたのも、謹《つつし》んでお断りした。挨拶どころか出席するつもりもない。海外に住んでいるとこういうときは便利だ。遠いと理由をつければ角が立たない。

小田もおとなしくひきさがってくれた。これで義務は果たした、と沙智は肩の荷を下ろしたつもりだったのだが。

開店から昼さがりまで、客足はとぎれなかった。週末のランチタイムはたいがい満席になる。比較的長居する客が多く、ビールやワインの売れゆきも伸び、客単価が上がるのはありがたい。客の酔いかげんとチップの額にも、無視できない相関がある。

沙智はテーブルの間を飛び回り、一息ついたときには二時を回っていた。潮がひくように客がひきあげていく。最後まで残ったカウンターの客は夫に任せて休憩をとろうかと考えていた矢先、おもての道から甲高い笑い声が響いてきた。

開け放った入口のドアから、幼児がふたり、転がるように飛びこんでくる。同じ背丈で顔だちも瓜ふたつ、おまけに服までおそろいだ。ひとりは金髪を短く刈りこみ、もう片方は頭のてっぺんで結んでいる。

「サチ！」

ぶんぶんと手を振られ、沙智も片手を上げて応えた。双子の後ろから現れた両親も笑顔で挨拶し、一家四人で入口近くのテーブルに陣どった。

ここ半年ほど、ときどきやってくる家族だ。はじめて来店した日、沙智が注文を取りにいくと、日本人ですか、と父親は開口一番たずねた。少々当惑した。人種のサラダボウルとも呼ばれるカナダの中でも、この街はとりわけ移民が多く、街角ではアジア系もよく見かける。好奇の目を向けられることはまずない。

そうですが、とおそるおそる答えたら、父親だけでなく母親も目を輝かせた。聞けば、夫婦そろって大のアニメ好きだという。あいにく沙智はアニメにも漫画にも疎《うと》く、彼らの話し相手はつとまらなかったけれど、以来なにかと話しかけられるようになった。双子の姉弟にもずいぶんとなつかれている。

沙智がテーブルに近づいていくと、姉娘が上目遣いに問いかけてきた。

「サチ、ツルを作れる？」

「ツル？」

沙智はきょとんとして復唱した。弟がもどかしげに補足する。

「オリガミだよ」

それでようやく、「ツル」が日本語であることを沙智も理解した。親日家の両親は、当人たちいわく英才教育をわが子にほどこしている。姉弟は五歳にして、動画配信で日本のアニメ番組をいろいろ視聴していて、そのうちひとつに折り鶴が登場したらしい。

一家が食事をあらかた終える頃には、他の客はいなくなっていた。両親に食後のコーヒーを運んだついでに、沙智はご所望に応えて子どもたちに鶴を折ってやった。何十年ぶりかで、正確な手順を覚えているか心もとなかったが、いざ折りはじめたら指が自然に動いた。彼らの持参した色画用紙は分厚すぎて扱いづらく、そのへんのチラシを正方形に切って代用した。千代紙で折った正統派の鶴とは趣《おもむき》が違うものの、アルファベットやカラフルな写真が模様のように羽を彩《いろど》って、なかなか斬新だ。

双子は大喜びだった。両親まで、ワーオ、と感嘆の声を上げている。ここまで感激されたら、やり甲斐《がい》もある。沙智は少しばかり調子づき、箱や紙風船も作った。

「これ、日本人はみんなできるの？」

「どうかな。鶴くらいは、たいてい知ってるかもね」

自分でもやってみたいと子どもたちが言い出して、一番簡単にできそうな舟の折りかたを教えた。ふたりとも、ぎこちないながら丁寧な手つきで折っていく。

「学校で教わるんですか？」

母親が興味深げに口を挟んだ。

「いや、そういうわけでもないですね」

授業で習うようなものではないだろう。

「じゃあ、おうちで?、ひょっとして、イッシソーデン、というやつでは?」

父親がずいと身を乗り出した。

「ええと、それって」

聞いたことのある言葉だけれど、意味がおぼつかない。二十年近くも前に母国を離れた沙智は、博識な彼らについていけないこともままある。

「伝統的なジャパニーズカルチャーですよね?　シショーがデシに、ヒデンノオーギを伝授するっていう」

「ああ、一子相伝《いっしそうでん》?」

日常的に使う熟語ではないが、少年漫画なんかには出てくるのかもしれない。

「そんなおおげさな感じじゃないです。子どもの遊びなので」

沙智の答えに、父親は無念そうに肩をすくめた。隣の娘が話を戻す。

「サチもママに教えてもらったの?」

考えるよりも先に、ノー、と答えが口をついて出た。無意識に、きつい口ぶりになってしまっていた。

一家が目をぱちくりさせているのに気づき、沙智はあわてて笑顔を作り直した。

「ママじゃなくて、おばあちゃんかな」

「そっか、グランマか」

子どもたちは納得してくれたが、両親は困ったように目を見かわしている。複雑な家庭環境で育ったのかと気を遣わせてしまったかもしれない。


沙智のうちは、少なくとも彼らに心配されるほどには、複雑ではなかったと思う。父がいて、母がいた。父方の祖父母も同居していて、ふたりとも孫娘をかわいがってくれた。特に祖母は、忙しい母のかわりに沙智の面倒を見てくれた。

沙智が物心ついたときから、母は仕事に邁進《まいしん》し、家の中のことは祖母がとりしきっていた。それで嫁姑《よめしゅうとめ》の関係がこじれるでもなく、むしろ仲はすこぶる良好だった。孫のみならず嫁のことも、祖母はおおいにかわいがっていたのだ。

大正生まれの祖母は、その世代にしてはちょっと珍しいほどの進歩的な価値観を持っていた。勝気な性格で、戦時中には看護婦として自ら従軍を志願したそうで、これからの時代は女性も社会で活躍すべきだというのが口癖だった。そもそも祖母自身も、結婚したからといって家庭に閉じこもるつもりはなかったのに、時代柄、外へ働きに出ることを婚家に猛反対されたらしい。泣く泣く専業主婦にならざるをえなかった自分の分まで、息子の妻にはのびのび働いてほしいと望み、助力を惜しまなかった。

先生は正子さんの天職だね、と祖母は折にふれて沙智に言ったものだ。あんたのお母さんに教えてもらえる子どもは、ほんとに運がいい。日々仕事に打ちこむ母親のもとで、沙智がさみしがっているのではないかと案じたのかもしれない。教育を通して世の中に貢献《こうけん》している母を、家族としてともに応援しようと伝えたかったのだろう。沙智は難なく祖母に感化された。みんなの役に立っているという母のことが誇《ほこ》らしく、自分もがんばろうと素直にはりきった。小学校ではまじめな優等生で通っていた。さすが高村先生のお嬢さん、と褒められるたび、まんざらでもなかった。

褒められていたのは沙智ではなく母だったのだと気づいたのは、だいぶ後になってからのことだ。

誰もが口をそろえるとおり、母は優秀な教師だった。その事実は、沙智も認めないわけにいかない。小学校の教師といえば、女性でも長く働きやすい職業のひとつだろうが、そうはいっても管理職は圧倒的に男性が多いらしい。女性の比率は一割前後だという校長にまで上りつめたのだから、たいしたものだ。

ただ、優れた教師が、必ずしも優れた親になるとは限らない。

母が悪い親だったとはいわない。激務にかまけて家庭を顧《かえり》みないというわけでもなかった。たとえ一緒にいる時間は長くなくても、ひょっとしたら長くないからこそ、娘のことを注意深く観察していた。褒めるべきときは褒め、叱るべきときは叱り、元気がなければ励まし、困っていれば手をさしのべた。母のまなざしを、幼い沙智は快く受けとめた。それが親の自然な情愛によるものなのか、教師としてのいわば習い性なのか、などと穿《うが》ったことを考えるほど、ひねくれた子どもではなかった——そのときは、まだ。

母はときどき友人知人から育児相談を受けていた。子ども、という単語が聞こえてくると、沙智はさりげなく耳をそばだてた。自分の噂をされているようで気になったからだが、よその母親たちとは異なり、母の口にする「子ども」はわが子を指しているわけではなかった。あくまで一般名詞として、子ども全般を意味する。結果的に沙智も含まれるとはいえ、数百分の一だか数千分の一だか、不特定多数のうちの一例にすぎない。

悩める親たちにとって、母はさぞ頼りになったに違いない。長年おびただしい数の教え子と接してきた経験から、子どもの扱いを実によく心得ていた。不測の事態が起きても、過去の事例を参考に、ただちに適切な手を打てる。母は常に正しかった。わが子だろうが、よその子だろうが、関係ない。

やがて思春期を迎えた沙智には、その正しさが脅威《きょうい》となった。

生意気ざかりの中高生の間で、親の悪口が話題に上らない日はない。うちの親はなんにもわかってない、理解がなさすぎる、と友達は競いあうように不平を並べた。無邪気に、また残酷に、ひとかけらの躊躇《ちゅうちょ》もなく親をこきおろす彼らを、沙智は内心うらやんだ。

沙智の母は、娘を理解していた。しすぎていたともいえる。親にまったく理解してもらえない子どももつらいだろうが、心の内をあっさりと見透《みす》かされてしまうのも、それはそれで苦しい。

十代になると、沙智にも人並みに反抗期が訪れた。わけもなくいらいらして、祖母に突っかかり、父を無視した。しかし母にだけは、突っかかることも無視することもできなかった。なにを言おうが、なにをやろうが、母は動じない。祖母みたいにかっとなって反論してきたり、父みたいにこれ見よがしに肩を落としたりしない。祖母や父に対する、沙智の乱暴な態度や辛《しん》辣《らつ》な物言いをたしなめるときも、母は頭ごなしに叱責《しっせき》はしなかった。必ず、娘の言い分をまず聞く。必死に弁明すれば、沙智に非がないと認められることも、ごくたまにはあった。

とはいえ、そうでないときのほうが断然多い。口先だけで謝っても許してもらえない。どこがどう間違っているのかを徹底して自分の頭で考えさせるのが、母の教育方針だった。なぜそう思うのか、根気強く執念深く質問を重ね、沙智自身が正答にたどり着くまであきらめない。沙智のほうは、むろん母ほど冷静にも気長にもなれない。ほとほとうんざりして、腹立ちまぎれに言い返したり、不機嫌に黙りこんだりもした。母は顔色ひとつ変えなかった。

娘を相手にするときに限らず、常日頃から、母は感情を――特に否定的なそれを――むやみにおもてには出さなかった。生まれつきの性格というより、職業柄、必要に迫られて身につけた資質だったのかもしれない。驚くほどの忍耐力もまた、長い教員生活で培《つちか》われたものだろう。沙智が取り乱しても、ふてくされても、母は辛抱強く待っていた。あせる必要はない。娘の頭がほどなく冷えることを、母は知っていた。自らの主張やふるまいがいかに愚かだったか自覚し、それを恥じることも。

ごめんなさい、と謝る沙智に、母は鷹揚《おうよう》に言う。

「わかってくれたら、それでいいの」

心の奥底までのぞきこまれるような視線を、沙智はうつむいて避けた。

「あなたは賢い子だもの」

そんな屈辱《くつじょく》を味わいたくない一心で、沙智は賢くふるまおうと努力するようになった。なにをするにも、その行動が適切で合理的か、念入りに検討してから実行に移した。家で頼みごとをしたり許可を求めたりするときも、論理的に説明できるよう知恵をしぼった。友達の話を聞くたびに、わが家との差に驚かされた。世の母親たちは「どうしてそう思うの?」と娘を問い詰めないらしい。かわりに、「だめなものはだめ」とか「みんなそうしてるでしょ」とか言い聞かせようとするという。当然ながら、娘たちのとる作戦もまた、沙智のそれとは異なった。甘えておねだりする、泣き落としをする、成績が上がったご褒美にと交換条件を持ち出す、いずれも沙智の母には通用しない。

情には訴《うった》えられない。反面、母の主観や気分しだいでむげに却下されもしない。まっとうな理由さえあれば、理不尽な反対は受けない。ぐるぐると悩んでいるうちに、いつしか当初のやる気が失せてしまうことも時にはあったが、それも考えようによっては悪くないのかもしれなかった。しょせん、その程度の気持ちしかなかったわけだ。成長するにつれ、分別をつけた沙智が母とぶつかる機会は減っていった。


ひさしぶりに気合を入れて母と話したのは、高校二年生のときだった。学校で進路希望調査票が配られたのだ。

沙智は第一志望として、東京の外国語大学をねらっていた。中学時代から、英語は最も得意な科目だった。英語という言語の持つ、ある種の明快さと公平さが、肌に合っていたのかもしれない。主語が常に明確で、男言葉と女言葉の区別がほとんどない。丁寧な表現もなくはないが、日本の尊敬語や謙譲語ほど複雑ではない。なにかと白黒はっきりつけようとする英語圏らしい論法も、きらいではなかった。英語の教師にすすめられ、弁論大会に出場したこともある。日本人は集団の和を乱したがらず、個人の意見を表明するのが不得手だとよく言われるけれど、沙智はわりに平気だった。母に鍛えられてきたおかげで、自分の考えを言葉で言い表すのは苦にならなかった。

その母は、沙智が英語のテストで満点をとったり弁論大会で入賞したりすると、誰に似たのかしらと毎回感心してみせた。母自身は、英語はさっぱりお手上げらしい。勉強しようとしても、ちっとも頭に入ってこないという。日頃は隙《すき》を見せない母にしては珍しく、才能がないのかもね、とぼやいていた。あるいはそれもまた、沙智が英語の世界に惹《ひ》かれた一因だったのだろうか。

ともあれ、もっと深く英語を学びたいという希望じたいは、受け入れてもらえるはずだった。向学心は母の重んじる美徳のひとつだ。問題は、その場所だった。自宅から通える範囲に大学はいくつもあり、英文科も置かれている。わざわざ遠方の大学に通うには、相応の理由が要る。

母と話す前に、父と祖母にも打診してみた。あわよくば味方になってもらえないかと思ったのだったが、反応は芳《かんば》しくなかった。祖父に先立たれてめっきり気弱になっていた祖母は、さびしくなると嘆いた。生まれてこのかた県外で暮らしたことのない父は、都会で女の子のひとり暮らしは危ないだろうと難色を示した。

「どうしてこの大学がいいの？」

母にたずねられて、その大学がどんなにすばらしいかを沙智は力説した。入学案内を読みこみ、長所や特色を頭にたたきこんであった。語学力だけにとどまらず、総合的なコミュニケーション能力の育成や、異文化理解の促進にも注力しているという。あとは、交換留学制度も大きな魅力のひとつだったが、それはまだ黙っておこうと決めていた。

「教職もとれるみたいだよ」

少しでも母の心証をよくしようと、そんなことまで言った。本音では、教師になるつもりなどみじんもなかった。

「将来は小学校でも英語を教えるようになるっていうし、需要はありそうね」

心証がよくなったのかどうか、母の表情からは読みとれなかったものの、

「あなたは案外、教える仕事に向いてるかもしれないわ」

とつけ加えたことからして、悪くはならなかったのだろう。

「じゃあ、そこにしたら？」

「いいの？」

沙智は拍子抜けした。

「だって、沙智はその大学が一番いいと思うんでしょ？」

予想外にすんなりと話がついてしまって、喜ばしい反面、後ろめたい気すらしてきた。よりよい環境で英語を本格的に勉強したい、その気持ちは決してうそではなかった。それもれっきとした理由のひとつだった。すべてではなかっただけで。

沙智はどうしても家を出てみたかった。どこか見知らぬ新しい土地で、自由に冒険してみたかった。

今にして思えば、娘の思惑を母もうすうす察していたのかもしれない。とめなかったのは、賛成とまではいかなくても、なんとしても反対しなければならない理由を思いつかなかったからだろうか。かといって祖母や父のように、さびしいから、心配だから、と感情的に訴えるのは、母の流儀に反する。

いずれにしても、せっかくの機会をむざむざ逃す手はない。沙智は猛勉強の末、第一志望に合格した。

双子と両親を、沙智は店の前まで出て見送った。子どもたちには、次回また別の折りかたも教えてあげる約束をした。なんと彼らはユビキリまで知っている。

薄暗いと思ったら、雨がぱらついている。客足がとぎれているのは、この天気のせいもあるのかもしれない。朝方よりもぐっと冷えこみ、ただでさえ往来の少ない路地は閑散としている。

店の中に戻り、雨が降りこまないように入口のドアを閉めようとしたところで、ぎょっとした。

木の枠にはめこまれたガラスの向こうに、母の顔がのぞいていた。しかつめらしく眉根を寄せ、目をすがめて。

後ずさった拍子に、足がもつれた。そばのテーブルに手をつく。

「どうした？」

カウンターの内側から、夫に声をかけられた。

「ごめん、ちょっとつまずいちゃっただけ」

気もそぞろで答え、こわごわドアのほうをうかがった。よく見たら、自分の顔が反射して映りこんでいるだけだった。

もしも誰かがドア越しに店内をのぞきこんだなら、沙智が寄りかかっているこのテーブルが目に入るはずだ。ついさっきまで、家族四人が座っていた。

もしも母が店の中をのぞいたなら、異国の子どもたちに折り紙を教えてやっている沙智の様子が見えたはずなのだった。山折り、谷折り、折り目をつけてまた開いて、ひとつひとつ手本を示しては、そのまねをするたどたどしい手つきを見守っていた。そんな娘の姿を目にして、どう感じただろう。

沙智は教える仕事に向いている、と母は言った。正しいと信じることしか口にしないはずの、あの母が。

「顔色が悪いよ。ちょっと休んだら？」

夫がカウンターの外に出てきて、沙智の背をさすった。

「忙しかったたし、疲れたんじゃない？　なにか食べる？」

隅のスツールに座らされた。そういえば、予期せぬ折り紙教室のせいで休憩をとりそびれていた。出勤前に軽く食べたきり、なにも口に入れていない。

デニッシュとマフィンをひとつずつ、夫がトースターであたためてくれた。甘い香りが店内に広がっていく。沙智はカウンターに頬杖をついて目を閉じた。母の険しい目つきがまなうらに浮かび、ゆっくりとぼやける。

母がああいう表情を見せるようになったのは、いつからだろう。

あからさまに怒るわけではない。ごく一瞬、静かに顔をしかめるだけだ。それでも、日頃はあわてず騒がず、いっそ小憎《こにく》らしいほど泰然《たいぜん》と落ち着きはらっている母の顔がたまにゆがむと、とても目立った。


都会での大学生活を、沙智は存分に満喫した。授業の課題やテストをまじめにこなしてもなお時間は余っていて、テニスサークルに入り、居酒屋でアルバイトもはじめた。バイト代で服や靴を買い、友達とカラオケに行き、誰かの下宿に集まっては夜どおし語り明かした。酒を飲み、たばこを喫《す》った。人生初の恋人もできた。

なんだってできる。なにをしてもいい。圧倒的な解放感が世界をきらきらと輝かせていた。

入学当初は、バイト帰りの夜道や徹夜明けの早朝なんかに、なにしてるの、と問いかける母の声がどこからか聞こえてきてびくりとさせられることもあったが、しばらくするとそんな空耳も消えた。

反動ってことかな、と沙智の話を聞いた恋人はおもしろそうに言った。これまでがまんしてきた分を、取り返そうとしてるんじゃない？

がまんしているつもりは、沙智にはなかった。束縛《そくばく》されているとも、干渉されているとも、思ったことはない。ただ、母にはなんでもお見通しなので、気を張ってしまう。そう説明しても、彼にはぴんとこないようだった。彼自身は実家住まいで両親と仲がよく、友達みたいな関係だという。それこそ沙智にはぴんとこなかった。母は母だ。友達じゃない。

たまに帰省したときだけは、やや調子が狂った。家族に近況をたずねられても、最低限の報告だけでお茶を濁《にご》した。夜ふかしも飲酒も、喫煙や恋人との小旅行だって、大学生ならみんな普通にやっていることだと思いつつも、自ずと口は重くなった。

しかし卒業後の進路については、黙っているわけにもいかなかった。

「就職はどうするんだ？」

父からなにげない調子で切り出されたのは、大学三年生の夏休みだった。祖母の初盆にあたり、沙智は長めに帰省していた。親子三人で墓参りをすませた帰り道で、父が車を運転し、母は助手席に、沙智は後部座席におさまっていた。

瞬時に頭を働かせた結果、正直に打ち明けようと腹を括《くく》った。どのみち、いつかは言わなければならない。ぐずぐず先延ばしにするほど、言い出しづらくなるだろう。こうして後部座席から話したほうが、正面きって顔を突きあわせるよりも多少は気楽かもしれない。

「とりあえず、就職はしない」

へっ、と父が間の抜けた声をもらした。母はなにも言わなかった。目を上げ、フロントミラー越しに後ろをうかがっている。

「カナダの大学に通いたいの」

沙智は言葉を継いだ。

「また留学するってことかい？」

驚きと困惑のまじった声音で父が言った。沙智は前年、二年生の夏に、大学主催の交換留学制度ではじめてカナダに渡っていた。両親には参加が決まってから報告した。選抜制で倍率が高く、下手に話して落選したら格好がつかないし、けちをつけられるのもいやだった。

三カ月間の滞在は、文字どおり沙智の人生を変えた。

「去年みたいな短期じゃなくて、卒業までするつもり」

どこまで話すか、沙智はまだ迷っていた。が、父はともかく母は、その逡巡《しゅんじゅん》を見過ごしてくれるほど鈍くも甘くもない。間髪《かんはつ》を容《い》れず、鋭く問いかけられた。

「卒業して、どうするの？」

鏡の中で目が合った。沙智は軽く息を吸って、口を開いた。

「できれば、カナダで就職したいと思ってる」

きゅっと眉を寄せた母の、ミラーの枠で四角く縁どられた目もとを、沙智はありありと覚えている。瞳の奥をよぎった、母には不似合いな動揺の色も。

あたたかいものを胃におさめたら、人心地がついた。

「本降りになってきたね」

夫が腕組みしておもてを見やった。沙智もつられて入口のドアを振り返る。雨がガラスに不規則な波模様をつけている。

もちろん、その向こうに母はいない。母はもう、どこにもいない。

結局、沙智たちの店に母は一度も来なかった。店どころか、娘が永住を望むほど魅了された国に、ついぞ足を運ぼうとはしなかった。飛行機に乗りたくないから、という子どもじみた理由で。

娘の海外移住を、両親は最終的には受け入れた。受け入れざるをえなかった、というべきか。一切迷惑はかけないと沙智が半ば喧嘩腰で宣言したので、あきらめるほかなかったのだろう。啖呵《たんか》を切ってしまった手前、もろもろの費用は自力で工面《くめん》した。父はおそらく母に内緒で、多少なら援助できると耳打ちしてくれたけれど、こっちにも意地がある。自分でなんとかすると断ると、父は苦笑した。

「沙智はお母さんにそっくりだな」

「どこが?」

問い返す声がとがった。父はにやりとして答えた。

「誰かに頼りたがらないところと、一度決めたら譲らないところ」

留学しようと決意した二年生の後期から、だらだらと遊び回るのはすっぱりやめていた。時給の高い塾講師や家庭教師のアルバイトを厳選し、時間と体力の限界までシフトを詰めまくって、その貯金と奨学金で渡航費と学費をまかなった。それでも、在学中はおそろしい貧乏暮らしを耐え抜かなければならなかった。日本人の留学生は総じて経済的に余裕があるという印象が強いようで、大学の友達に「サチってほんとに日本人なの？」と疑われたものだ。肉体的にも精神的にもきつかったけれど、すごすごと日本へ逃げ帰り、それ見たことかと母に失笑されるのだけは絶対にごめんだった。

とはいえ、有意義な投資だったと今なら胸を張って断言できる。大学で学んだ経営学はこの店でも役に立っている。夫はコーヒー豆の質にとことんこだわり、オーガニックやフェアトレードの食材を使いたがる。経理担当の沙智が日々帳簿をにらんで工夫しないと、商売は立ちゆかない。それに、あのキャンパスに通わなければ、造形学科の夫とも出会えなかった。

なにより、この国に来てからの自分を、沙智はまずまず気に入っている。よくがんばったと思う。自らの力で、自らの未来を、がむしゃらにきりひらいてきた。上京してひとり暮らしをはじめたときにも、一人前に自立した気になって浮かれていたけれど、しょせん幼い自己満足にすぎなかった。あの頃を振り返ると、なんともいえず気恥ずかしくなってくる。楽しかった記憶もなくはないが、積極的に思い出したくもない。夫との会話でも、日本のことが話題に上る機会は少ない。

小田のメールのことも、これまではなにも話していなかった。

「実は、日本から連絡があって」

雨に濡れたドアを見つめたまま、沙智は口を開く。

「それって、お母さんに関係すること？」

夫が遠慮がちに問う。

「うん、まあ」

偲ぶ会は、英語でどう表現すればいいのだろう。セレモニーか、イベントか。パーティーではおかしい。「送別会」と訳してみたら、通じたようだった。

「いつ？」

重ねてたずねた夫の意図を察し、沙智は先手を打った。

「行かないよ、わたしは」

「店のほうは、なんとかなるよ。気にしないで」

「ううん、いい。そっちこそ、気にしないで」

来なくていいと当の母なら即座に断っただろう。父の葬儀にすら、忙しければ来なくてかまわない、とこともなげに言ってのけたのだ。実際のところ、母が喪主としてなにもかも完璧にとりしきり、沙智の出る幕はなかった。

「ほんとに？」

夫がこんなふうに食いさがるのは珍しく、少しばかり自信が揺らいだ。やっぱり、行ったほうがいいのだろうか。

考えこんでいたら、「ごめん」と夫が小声で謝った。

「え、なんで？」

「なんか、難しい顔してるから。よけいなこと言って、気を悪くさせたかなと思ってさ」

「違う、違う。ちょっと考えてただけ」

沙智は無理やり笑顔をこしらえた。

「その送別会のことで、頼まれごとをしちゃってて」

会場に先生ゆかりの品々を集めた展示コーナーも設けることになりました、と小田は書いていた。母にまつわる思い出の品を、簡単な来歴も添えて陳列《ちんれつ》するそうだ。

そこで、沙智にもなにか出品してほしいという。ひとつにしぼりきれなければ、ふたつでも三つでもかまいません、とご丁寧に注記されていた。偉大な先輩教師の心あたたまる記憶を胸に刻んだ実行委員の面々は、母娘の間にもすばらしい思い出があるはずだと信じて疑っていないのだろう。

いがみあっていたわけではない。でも、深い絆で結ばれた麗《うるわ》しい親子関係を勝手に想像されても、困る。

「どうしよう」

口に出してしまってから、日本語だと気づいた。夫が黙ってコーヒーのおかわりを注いでくれた。

日が落ちても雨はやまなかった。客の入りも引き続きふるわず、定刻に店を閉めてふたりで帰宅した。

夫がシャワーを浴びている間に、沙智は寝室のクローゼットに押しこんであったスーツケースをひっぱり出した。

葬儀で帰国した折に、母の遺品を詰めて持ち帰ったものの、整理する気にもなれずに放置していた。この中からなにか適当にみつくろって、小田に送ろう。アクセサリーが無難だろうか。母はほとんど宝飾品の類を身につけなかったけれど、ブローチはいくつか持っていた。生前に愛用していた品物なら、会の趣旨《しゅし》にも合う。母がそれをつけた姿を覚えている参列者もいるかもしれない。

遺品は、沙智が想像していたよりずっと少なかった。母は亡くなる数カ月前に、沙智の生家でもある一軒家を引き払い、隣県にある高齢者向けの集合住宅に入居したばかりだった。引っ越しにあたり、家具も衣類もそうとう処分したらしい。

転居の計画について沙智が聞いたのは、さらに数カ月前、年明け早々のことだった。母が電話をよこしたのだ。家は売れ、施設側の入居審査にも通り、あとは契約をかわすばかりだという。その書類に、身元保証人としてサインしてほしいと頼まれた。

沙智にとっては寝耳に水だった。絶句していると、母は悪びれずに言い放った。

「前にも話したじゃないの」

そういえば、父の死後に相続の手続きをしたとき、将来的に家をどうするかという話は出ていた。沙智は日本に戻ってくる予定はないのよね、と母はたずねた。もし父からそう問われたのだったら、帰ってきてほしいという望みが言外にこめられているのではないかと沙智も勘ぐったかもしれない。しかし母に限ってそれはない。あの質問に、単なる事実確認以上の意味は含まれていなかったはずだ。

だから沙智のほうも、ない、と事実をありのままに答えた。じゃあ、いずれはなんとかしなくちゃね、と母は言った。

その「いずれ」は、もっと先のことだと沙智は解釈していた。たとえば祖母も、最晩年は介護施設で過ごした。かなり認知症が進んで、帰国した沙智の顔も見分けられなくなっていた。だが、母はまだ七十代半ばだ。

「お母さん、体調でも悪いの？」

さすがに心配になって、探りを入れてみた。

「別に。おかげさまで、元気よ」

母はきはきと答えた。沙智がまだ腑《ふ》に落ちていないのを読みとったかのように、すまして続けた。

「こういうことは元気なうちに進めておかないと。動けなくなってからじゃ、どうしようもないでしょう？」

お前はあてにできないと指摘されたようでむっとしたが、現にそのとおりなのでぐうの音《ね》も出なかった。ひとことくらい相談してくれてもいい気はするけれど、考えてみれば、沙智だって母にひとことの相談もなく大きな決断をしてきたのだ。

「人気の物件でね。前々から目をつけてたんだけど、なかなか空きが出なくて」

通話しながらパソコンで検索してみたら、ホテルかなにかと見紛《みまご》うようなしゃれたホームページが出てきた。緑に囲まれた建物のこぎれいな外観や、広々とした食堂でくつろぐ入居者たちの写真が配されている。図書室にシアタールーム、フィットネススタジオまで備えているらしい。

「他にも何カ所か見学してみて、ここが一番よさそうだったから」

高齢者――ホームページには「シニア」と書かれていた――の施設といえば、祖母の入っていたところの印象が強く、ひとりでは食事や入浴もままならない、いわゆる要介護の老人向けだという先入観があったが、母の新居は毛色が違うようだった。自立して生活できることが入居の条件で、外出や外泊の制約もなく、母より若い、六十代の住人もいるという。今後、介護や医療的な措置が必要になれば、より手厚いサービスを受けられる別棟へ移ることもできる。よどみなく語る母の声に耳を傾けつつ、こんなことが前にもあったな、と沙智はぼんやり考えていた。

いつだろうとしばし記憶をたどり、大学受験のときだと思いあたった。もっとも立場は反対で、沙智のほうが熱弁をふるう側だった。

沙智のしたいようにすればいい、とあのとき母は言ったのだった。

「沙智？　聞こえてる？」

相槌《あいづち》がとぎれたのをいぶかしんでか、母が心もち大きな声を出した。

「お母さんのしたいようにすればいいよ」

沙智は言った。

数日後には国際郵便が届き、同意書に署名をして返送した。漢字を書くのはいつぶりだろう、と関係のないことを思った。書類を受けとった母は、再び電話をかけてきて、本格的に実家を引き払う準備を進めると告げた。手伝おうかと沙智がたずねると、帰国してもらうのも悪いし、ひとりでなんとかなる、とまたもや断られた。

「沙智の荷物も少し残ってるけど、どうしようか？　そっちに送る？」

「いや、捨てちゃってかまわないよ」

必要ならばもう持ち出している。二十年も放ってあるものは、つまり不用品だ。わかった、と話を切りあげかけた母は、思いついたように続けた。

「そういえば、お母さんのよく着てたスーツって覚えてる？　紫の」

「紫？」

「薄い紫、藤色かな。ツイードの。沙智の小学校の入学式にも着てたでしょう」

「ああ、あれね」

服そのものよりも先に思い浮かんだのは、校門の前に親子ふたりが並ぶ写真だった。沙智は紺色のワンピースを着て真新しいランドセルを背負い、母は淡い紫色のツーピースを身につけている。

次いで、当日の記憶もよみがえってきた。沙智の入学式は、当時の母の赴任先の始業日よりも一日早かった。重ならなくてよかったと母は意外なほど喜んで、せっかくだからとスーツまで新調したのだった。

「あのスーツ、沙智にあげるわ。きっと似合うから」

母に言われて、沙智は面食らった。

「え？　いいよ」

どう考えても似合いそうにないし、そもそも沙智の趣味ではない。スーツなんて、着ていく場所もない。

「いらないの？」

母らしくもない落胆のにじんだ口ぶりに、またも戸惑った。愛想《あいそ》がなさすぎたかと気まずくなって、あえて明るく言ってみた。

「お母さんが着れば？」

「ウエストが入らないのよ」

母はぴしゃりと答えた。すでに、ふだんの調子に戻っていた。

次に話したのは、引っ越しの直後だ。母は機嫌がよかった。あの性格からして、たとえ期待はずれなところがあっても素直に打ち明けはしないだろうが、それをさしひいても新居は快適そうだった。自室の窓は庭に面していて、今は桜の新緑が見頃だと自慢してみせた。紅葉やお花見も楽しみだわ、と。

それが、沙智が母とかわした最後の会話になった。

木々の葉が色づくところも、桜のつぼみがほころぶところも、目にすることのないまま母はあっけなく逝《い》ってしまった。

とるものもとりあえず帰国した沙智は、母の部屋を訪ねた。ワンルームマンションのような間取りで、室内は殺風景なほど整頓されていた。奥にとられた横長の窓を、真夏の緑が塗りつぶしていた。

その窓に向かって置かれた小ぶりの机の抽斗《ひきだし》に、ノートが一冊入っていた。

沙智様へ、と見覚えのある端正な文字で記された表紙を開くには、少しばかり勇気を要した。娘への思いの丈が切々と綴られていたらどうしようかと柄《がら》にもなくひるんでしまったのだったが、まったくの杞憂《きゆう》で、湿っぽい感傷とはおよそ無縁のこまごまとした事務連絡が書きとめられていた。さすが母である。

荷物の処分にまつわる指示も、箇条書きで一ページにまとめてあった。一、沙智が手もとに残したいものはとっておいて下さい。二、施設に寄贈できるものはひきとってもらって下さい。三、残りは捨てて下さい。かっこ書きで、（※プロの手を借りるのも一案です）と注釈が加えられ、業者の名刺が貼りつけてあった。家を売った際、遺品整理の専門業者に依頼したとは聞いていた。クラシック音楽に目がなかった父の遺した、立派なプレイヤー一式と大量のレコードに、母は長らく手をつけあぐねていたようだ。亡き夫の買い集めたお宝――と当人は呼んでいた――をむげに捨ててしまうのは、さすがにはばかられたのだろう。

スーツケースを開けると、日本の夏特有のむわっと蒸し暑い空気がもれ出てきたようで、軽くめまいがした。

中身を順に出していく。古いアルバムが数冊、アクセサリーの入った小箱、それから、クリーニング店のロゴが入ったビニールにくるまれた大きな包み。紫の布地が透けて見えている。

母の居室の、わが家の何分の一かの小さなクローゼットの片隅にこのスーツがかかっているのを見つけたときには、びっくりした。沙智がすげなく断った後、てっきり処分したとばかり思っていた。きっと似合う、と言いきった母の、いかにも母らしい自信たっぷりの声音が耳の中で響いた。

施設に寄贈しても迷惑だろう。といって、ごみ袋にぽいと放りこむのもためらわれた。消去法でスーツの行く末は決定し、とはいえ、その場で袖を通そうという発想も浮かばなかった。

ジャケットの両肩をつまんで、広げてみる。これを着ている母の姿を思い出せる。入学式の後もなにかと愛用していた。そのわりに傷んでいないのは、大事に手入れしていたからだろうか。生地や仕立ても上等なのかもしれない。沙智が小学一年生のときにあつらえたということは、かれこれ三十五年も前になる。

頭の中で計算してみて、慄然《りつぜん》とした。あの写真に写っていた母の年齢は、今の沙智とほとんど変わらない。

観念してカーディガンを脱ぎ、Tシャツ一枚になった。思いきってジャケットをはおってみたら、勢いがついた。ジーンズも脱ぎ捨ててスカートをはく。似合っているかはさておき、サイズはぴったりだ。

クローゼットの扉を大きく開き、内側についている鏡に全身を映してみて、ひっと息をのんだ。

母がいる。

息を詰め、鏡の中の自分と見つめあう。またしても、眉間に深くしわが寄っている。難しい顔、と店で夫に言われたのもこれだろう。ただ考えこんでいただけなのに、気を悪くしたのかと心配されてしまった。

母もだろうか。

思ってもみなかった可能性が、脳裏《のうり》にふとひらめいた。母も、考えていただけだったのだろうか。

ひそめた眉は、不満の表れでもいらだちのせいでもなくて、真剣に頭を働かせているしるしだったのか。昔のようにはたやすく理解できなくなってしまった娘を、それでも理解しようとして。

「シャワー、空いたよ」

声をかけられて、沙智は肩越しに振り返った。寝室の戸口から、ほんのりと上気した夫の顔がのぞいていた。

「どうしたの、それ？」

沙智の全身に目を走らせて、夫は感心したように言った。

「似合うね」

沙智は鏡に向き直った。眉間のしわは消えていた。

5

こんぺいとう

更衣室からロビーに出てきたら、自動販売機の前に短い行列ができていた。色とりどりの写真を眺めて考えこんでいる子もいれば、友達どうしで相談している子たちも、迎えに来た母親に買って買ってとせがんでいる子もいる。おととし涼花《すずか》が入会したときから変わらない、おなじみの光景だ。練習を終えた後のアイスを、スイミングスクールの生徒たちは楽しみにしている。涼花もプールから出るなり、今日はどれにしようかと思案するのが習慣になっていた。ねらっていたやつがたまたま売り切れだと、心底がっかりしたものだった。

列の後ろを素通りして、空いているベンチの端に腰かける。スクールの名前が入ったバッグから個包装のチョコレートを出し、口に放りこんだ。舌の上で濃厚な甘みがじんわりととろける。

泳いだ後は、びっくりするくらいおなかが空く。体育の授業がある日の四時間目や、公園で友達と遊んだ帰り道なんかにも腹ぺこにはなるけれど、この空腹は比べものにならない。文字どおり、おなかの中がすっかり空っぽになっている感じがする。胃がきゅっとしめつけられるように痛むことさえある。ひょっとしたら、食いしん坊の妖怪《ようかい》がこっそり隠れているんじゃないかと思えてくるほどだ。幼稚園の頃に絵本で読んだ。そいつはものすごく食い意地が張っていて、食べものが足りなくなると暴れ出すらしい。

アイスを手に持った女子がふたり、お喋《しゃべ》りしながら歩いてきて、ベンチの反対側に腰を下ろした。ひとりがアイスもなかを一列ぱきんと折ってもうひとりに手渡し、もらったほうは、お返しにソフトクリームをなめさせてあげている。横目で見ているうちに、今度はおなかじゃなくて胸のあたりがちくちく痛み出した。

顔をそむけた拍子に、見覚えのある人影が視界を横ぎった。受付の前を通り過ぎ、早足で奥のほうへ歩いていく。

行く手には、他にもおとなが数人、こちらに背中を向けて立っている。窓越しに、階下のプールを見下ろせるのだ。進級テストの日には人だかりができているけれど、ふだんはそこまでもない。ガラスに張りついてわが子の練習を見守っているのは、よっぽど熱心な保護者だけだ。ミチルのママみたいに。

そろそろ、選手コースのレッスンがはじまる。さっき更衣室でミチル本人ともすれ違った。一瞬だけ目は合ったものの、話さなかった。わざとじゃない。タイミングが悪かった。涼花は水着を脱ぎかけている途中で、半分裸《はだか》だった。ミチルはミチルで、連れだって入ってきた友達から熱心に話しかけられていた。涼花が着替えを終えても、その子はまだ甲高い声でべらべらと喋り続けていた。大会、という単語が何度も出てきた。聞き耳を立てていたわけではない。声が大きすぎて、勝手に涼花の耳にも入ってきたのだ。

二粒目のチョコを口に入れたとき、送迎バスの出発を知らせる館内放送が流れ出した。ロビーで待っていた子どもたちが、いっせいに出口へと向かっていく。涼花も腰を上げた。

自動ドアをくぐる。傍らの壁に、競技会のポスターが貼ってある。ひときわ大きな字で書かれた日付は、七月最後の土曜日、つまり明日だ。すぐ下に、このスクールから出場する選手の顔写真が並んでいる。笑みを浮かべている子が多く、きまじめに口を引き結んだミチルの真顔は目をひく。

バスを降りると、いつものようにママが待っていた。

「おかえり」

「ただいま」

涼花は応え、すかさずつけ加えた。

「おかえり」

「ただいま」

ママも仕事の帰りなのだ。隣町にある市民病院で、検査技師として働いている。

涼花が生まれるまでは、別の病院に勤めていたらしい。出産をきっかけに退職して専業主婦になり、五年前、涼花が四歳のときに仕事を再開した。当初は、夫である涼花のパパにも、実の両親にあたる母方のおじいちゃんとおばあちゃんにも、反対されたという。涼花がもっと大きくなってからのほうがいいと皆が口をそろえる中で、ただひとり、父方のおばあちゃんだけが味方してくれた。いつでもうちを頼ってほしいと言われて、ママは感激したそうだ。

ママは仕事をしたほうがいいと涼花も思う。ずっと家にいたときよりも生き生きしているし、涼花のせいでがまんさせるのもいやだ。それに、おばあちゃんがいてくれる。父方のおじいちゃんとおばあちゃんは同じ町内に住んでいて、涼花はしょっちゅう遊びにいく。ママの帰りが遅くなる日には、夕ごはんを食べさせてもらったり、泊まったりもする。

家までの道を歩きながら、そういえば、とママが切り出した。

「明日って、競技会があるんだよね？」

「そうだったっけ」

ママの聞きたいことは涼花にもだいたい見当がついたけれど、ひとまずとぼけて問い返してみた。

「応援に行く？」

案の定、ママは言った。

「今日、ミチルちゃんのママから連絡もらってね。出番は午後だって。行くなら車で送り迎えしてあげるけど、どうする？」

「明日はやめとく」

涼花は慎重に答えた。

「おばあちゃんちに行きたいから」

「え、そうなの？」

「昔の話を聞かせてもらおうと思って。こないだ言ってた、夏休みの宿題のやつ」

「ああ、社会の？」

社会科の地域学習で、市の歴史を調べるという課題が出されている。家族から話を聞いたり、資料を集めたりして、昔と今で街がどう変わったかをまとめる。

ママはここの出身ではないので、まずはパパに聞いてみたら、おばあちゃんが適任だと言われた。市内で生まれ育ち、若い頃は公立小学校の先生もしていて、地域のことには詳しいはずだという。おばあちゃんが先生だったなんて知らなかった涼花は、ちょっとびっくりした。

先週、夏休みがはじまってすぐに相談すると、快く引き受けてもらえた。その日はノートを持っていなかったから、また今度ゆっくり話を聞くことにした。いつでもいいよ、涼ちゃんの好きなときにおいで、とおばあちゃんは言ってくれた。

いつでもいいってことは、明日だっていいはずだ。

「わかった。じゃあ、ミチルちゃんのママにも返事しとくね」

ママが話を戻した。

「ミチルちゃん、調子はいいのかな？」

「さあ」

知らない、だと冷たく聞こえてしまいそうだ。無難な返事を考える。

「悪くはないんじゃない？」

そうでなければ、大会には出られないだろう。ミチルの実力なら、ちょっとくらい調子が悪くたって平気かもしれないけれど。

「最近はもう、スクールで会ったりはしないの？」

重ねてたずねられ、どきりとした。

「だって、時間が違うもん」

更衣室に入ってきたミチルの姿が脳裏《のうり》に浮かんだ。気づいたのは、涼花のほうが先だった。

ミチルはきょろきょろと左右を見回して、涼花を見つけると口を薄く開けた。なにか言いたそうにも見えたけれど、気のせいだったかもしれない。すぐに目をそらしたから、確かめそびれてしまった。

「そっか」

ママもなにか言いたそうだったものの、思い直したのか話を変えた。

「涼花は？　今日は、どうだった？」

「ずっとバタフライ。めっちゃ疲れた」

はじめはちっとも前に進めなくて辟易《へきえき》したが、少しずつ上達してきた。

「バタフライかあ、しんどそう。あれ、誰がどうやって考えたんだろうね？」

ママが頭を振る。確かに、クロールや平泳ぎならともかく、あの独特な手足の動きはなかなか思いつかなさそうだ。

「がんばってるね、涼花も」

ママは真顔で言い足した。励ましているつもりかもしれない。涼花は別に励ましてほしいわけじゃないのに。


おばあちゃんに連絡しようと思っていたのに、家に帰ってごはんを食べたりテレビを観たりしていたら遅くなってしまい、結局、明くる日の午前中に電話をかけた。遊びに行ってもいいかと涼花が聞くと、おばあちゃんは申し訳なさそうに答えた。

「ごめんね、今日はちょっと。悪いけど、また今度にしてくれる？」

「わかった」

涼花はがっかりして言った。今日の今日で、都合がつかなくてもしかたないけれど、こうして言下《げんか》に断られるのはちょっと珍しい。おばあちゃんは日頃から孫娘を歓迎してくれる。たとえ用事があっても、何時から何時までなら大丈夫だとか、急ぎじゃないから別の日にずらすとか言ってもらえることが多い。

電話越しにも落胆《らくたん》が伝わったのか、おばあちゃんが心配そうにたずねた。

「もしかして涼ちゃん、おうちでひとりなの？」

「うん、まあ」

パパは朝からゴルフで、ママは買いものに出かけているけれど、それは別に問題ない。もう三年生だし、ひとりで留守番くらいできる。ママも昼までには帰ってくるはずだ。

「おじいちゃんなら、今日は一日うちにいるけどね」

「じゃあ、いいや」

潔《いさぎよ》くひきさがることにした。おじいちゃんをきらいなわけではないけれど、無口だし共通の話題もなくて、ふたりきりだと間がもたない。

パパいわく、おじいちゃんは昔から「根っからの会社人間」だったそうだ。定年で会社を退職した後も関連企業で働き続け、三年前にやっと完全に引退した。以来、涼花がいつ行っても、ほぼ必ず家にいる。だから厳密には、「今日は一日」より「今日も一日」のほうが正し言っている。

い。仕事以外に趣味もないし、友達もいなさそうだしな、とパパは気の毒そうに失礼なことを

「ごめんね」

再び謝られ、涼花は気を取り直して答えた。

「こっちこそ、いきなりごめん。また電話する。こないだ言ってた社会の宿題で、話を聞かせてほしいんだ」

ママには、おばあちゃんの都合がつかなくなって、延期になったと言えばいい。ミチルのママにはゆうべ連絡を入れてくれていたから、今さらその話にもならないだろう。

「ああ、昔のことを調べるっていう?」

考えるように一拍おいて、「それなら」とおばあちゃんは続けた。

「よかったら、涼ちゃんもおばあちゃんと一緒に来る?」

おばあちゃんの家の前で待ちあわせて、一緒に駅まで歩いた。晴れていて蒸し暑い。おばあちゃんのさした日傘の影に、涼花も半分入れてもらった。

おばあちゃんは友達と会う約束をしているという。同じく市内の出身で、この春に隣の県に引っ越すまで、何十年も暮らしていたそうだ。今日は用があってこっちに来るので、会うことになったらしい。

「顔の広いひとだし、おもしろい話も聞けるかもよ」

「友達って、学校の？」

涼花がたずねると、おばあちゃんは首を横に振った。

「ううん。昔、一緒に働いてた同僚」

「じゃあ、そのひとも先生だったの？」

「そうよ。すごいのよ、正子《まさこ》さんは。校長先生にまでなったんだから」

得意そうに言う。

「名前、マサコさんっていうの？」

「正しいに子どもって書いて、正子さん。ふたつ先輩でね、いろいろ親切に教えてくれて。ずいぶん勉強させてもらったな。ああいう先生になりたいって思ってた」

「先生の仕事って、楽しかった？」

涼花は質問してみた。涼花の通う第一小学校には、楽しそうな先生もいるし、あんまり楽しそうじゃない先生もいる。

「もともと子どもが好きだったし、やりがいはあったな。大変なことも多かったけどね」

おばあちゃんが黒板の前に立っているところを思い浮かべてみようとしたけれど、うまくいかなかった。

「なんで辞めちゃったの？」

「結婚して、だんだん家のこととの両立が難しくなってきて」

おばあちゃんは顔を曇らせた。

「少し前に正子さんも結婚してね、親身に励ましてくれた。一緒にがんばろう、できる限り協力する、って。すごくうれしかったし、ありがたかったんだけど、やっぱり自信がなくて。欲ばって無理して、どっちも中途半端になったら困るしね」

目をふせて、ため息をつく。

「でも、正子さんには申し訳ないことしちゃった。せっかく目をかけてもらったのに、短い間しか続かなくて。五年、いや六年かな」

涼花は思わず口を挟んだ。

「長いよ！」

六年といったら、小学校に入学してから卒業するまでだ。めちゃくちゃ長い。六年前、涼花はまだたったの三歳で、保育園にも通っていなかった。その頃の記憶はほとんど残っていない。

「そう？」

おばあちゃんは目をぱちくりさせてから、そうね、と言い直した。

「涼ちゃんにとっては長いね。今までの人生の、三分の二だもんね」

重大な発見をしたかのように、深くうなずいている。

「そう考えると、正子さんとも長いつきあいになるのね。はじめて会ったのは二十二のときだから、かれこれ半世紀も経っちゃって。それこそ人生の三分の二以上だわ」

「ハンセーキって？」

「一世紀の半分。つまり、五十年」

「五十年？」

声がうわずった。六年だって途方もなく長いのに、五十年なんて想像を絶する。

「そんな顔しないでよ。今は考えられないだろうけど、涼ちゃんだって、いつかはおばあさんになるんだから。あっというまよ」

おばあちゃんが苦笑する。

「ひょっとしたら、今仲よくしてるお友達と、五十年後もおつきあいが続いてるかもね」

涼花の頭に浮かんだのは、もちろんミチルの顔だった。


ミチルとの「おつきあい」がはじまったのは、おととしのことだ。五十年にはかなわないとはいえ、涼花にしてみれば二年間も決して短くない。

きっかけは、スイミングスクールの体験レッスンだった。その日は涼花たちと同じ年頃の子どもが六、七人集まっていた。涼花とミチル以外は友達どうしで誘いあわせて申しこんだようで、喋ったりふざけあったりしていた。部屋の隅っこで所在なげに縮こまっているミチルに、涼花は最初から親しみを覚えた。

話しかけようかと迷っているうちに、レッスンがはじまった。簡単な準備体操をして、コーチに先導されてぞろぞろとプールに向かった。へりに座って足を水につけるようにと指示され、みんな従った。ただひとりを除いては。

「どうしたの？」

コーチの声で、全員が背後を振り向いた。

ミチルは顔をひきつらせ、プールの数メートル手前で立ちすくんでいた。あたふたと駆け寄っていったコーチになだめられても、一歩も動かない。今となっては信じられない話だが、当時のミチルは本気で水をこわがっていたのだ。

他の子たちは様子をちらちらとうかがいながら、ひそひそと耳打ちしあっていた。にやにや笑っている子も、早く泳ぎたいのにな、と聞こえよがしに文句を言う子もいた。おびえきっているミチルを小馬鹿にするような態度に、涼花はむかむかしてきた。水から足を上げ、腰を浮かせた。

涼花が近づいていくと、コーチはほっとしたようだった。

「お友達？」

答えるかわりに、涼花はミチルに手をさしのべた。

「行こ」

ミチルは目をみはっていた。見知らぬ子から突然声をかけられて、驚いたのだろう。でも、そのおかげで、恐怖がいくらかまぎれたのかもしれない。あるいは、途方に暮れるあまり、差し出された手にすがりつくしかなかったのか。

理由はさておき、ミチルはためらいがちに涼花と手をつないだ。

「大丈夫だよ。こわくない」

自分だってろくに泳げもしないくせに、涼花はミチルに言い聞かせた。ふだんはそこまで面倒見がいい性格でもないのに、どういうわけか、自分がしっかりしなくちゃという気分になっていた。しっかりして、この子をちゃんと守ってあげなくちゃ。

「コーチが見てくれてるから、溺《おぼ》れたりしないよ」

あたしも見てるし、と言い添えた。ミチルは潤《うる》んだ瞳で涼花を見つめ、こっくりとうなずいた。

その日、ミチルは最後まで水の中には入れなかった。足の爪先で、プールの水面にちょんちょんとふれるのがせいいっぱいだった。他の子たちがミチルをからかわないように、涼花はにらみを利かせていた。シャワーを浴びるときも、更衣室で着替えるときも、ミチルのそばについていた。

ロビーでは、それぞれの母親が娘を待っていた。一部始終を階上から見ていたミチルのママは、涼花に詫《わ》びた。

「うちの子が迷惑をかけて、すみません」

涼花のママにも、入会のための書類を配って回っている事務員にまで、ぺこぺこ頭を下げていた。

「涼花、どうする？　スイミング、やりたい？」

受けとった用紙をひらひらと振って、ママがたずねた。

「やりたい」

「ミチルは？」

ミチルのママも言った。一応、かたちだけ聞いてみたという口ぶりだった。涼花も半分あきらめかけていた。

けれどミチルは黙って考えこんでいた。涼花は勇気を出して、言ってみた。

「ミチルちゃんも一緒にやらない？」

電車を降りて出口へ向かっていくと、改札の向こうに立っていた小柄なおばあさんが手を振った。

「正子さん」

おばあちゃんがはずんだ声を上げ、にわかに足を速めた。涼花もあわてて追いかける。

「こんにちは」

正子さんはラベンダー色のブラウスと、長めの黒いスカートを身につけている。おばあちゃんも、淡い水色のブラウスに濃紺のスカートという組みあわせで、なんだかおそろいっぽい。ブラウスのボタンを一番上まできっちりととめているところも、小ぶりの日傘を片手に持っているところも、同じだった。

「シズエさん、おひさしぶり」

正子さんの挨拶が、涼花の耳には新鮮に響いた。

おばあちゃんの名前がシズエなのは知っている。ただ、こうして実際に誰かから呼びかけられているところに居あわせるのは、はじめてかもしれない。おばあちゃんのことを、パパは「母さん」、ママは「お義母さん」と呼ぶ。涼花は当然「おばあちゃん」で、おじいちゃんは――なんだっけ、思い出せない。「おうい」とか「ちょっと」とか声をかけている気がする。

「正子さんも、お元気そうね」

「ええ。おかげさまで」

正子さんはにっこり笑って、涼花に視線を移した。

「涼花ちゃんね。はじめまして、高村正子です」

おとなを相手にするみたいに、きちんと腰を折っておじぎする。涼花も急いで頭を下げ返した。

「はじめまして」

「お噂は、かねがね。お会いできてうれしいわ」

正子さんはにこやかに言う。かねがね、ってなんだろう。涼花の噂を聞いているという意味だろうか。そうだとしたら内容が気になるけれど、正子さんはそこで言葉を切り、おばあちゃんのほうに向き直った。

「いつものところでいい?」

「ええ、ぜひ」

おばあちゃんが即答した。さすが、五十年来の友達だけあって、ぴったりと息が合っている。

いつものところというのは、駅から程近い喫茶店だった。ビルの狭間に無理やりねじこまれたような、間口の狭い建物で、外壁は蔦《つた》でびっしり覆われている。看板も出ていないし、ここにお店があると知らなければ、気づかずに前を通り過ぎてしまいそうだ。

先頭に立った正子さんが、ドアを押し開けた。からん、とのどかなベルの音が響く。

店内はひんやりと涼しく、薄暗い。明るいおもてから入ってきたので、なおさらそう感じるのかもしれない。内装も外観に負けず劣らず古めかしい。クラシックっぽいピアノの曲が、おさえた音量でかかっている。

「いらっしゃいませ」

カウンターの内側で会釈《えしゃく》した店員さんは、サンタクロースみたいなあごひげを生やしている。他にお客さんはいない。

「お好きな席にどうぞ」

おばあちゃんたちは迷いのない足どりでカウンターの脇を抜けて、奥の席にまっすぐ向かっていった。長方形の低いテーブルを挟んで、ふたりがけのソファが置かれている。片方に正子さんが座り、その向かいに涼花とおばあちゃんが並んだ。ソファの革はひびわれていて、お尻がずぶずぶと沈んだ。

ふだんパパやママと行くファミレスやファストフードのお店とは、全然雰囲気が違う。きょろきょろしている涼花に、正子さんが言った。

「ここはね、わたしたちが同じ学校で働いていた頃からの行きつけなの」

どうりで、年季が入っている。

「ほら、あれなんかも、レトロですてきじゃない？」

おばあちゃんがカウンターのほうを指さした。これまた古そうな、振り子の時計が壁にかかっている。

「古いじゃなくてレトロって言うと、感じがいいわね」

感心したように言った正子さんに応えるみたいに、ぼーん、と渋い音が店内に響きわたった。
一、二、三、と涼花は胸の中で数えた。全部で十二回、正午きっかりだ。大会はすでにはじまっている。ミチルの出番はもうすぐだろうか。

同じ曜日のレッスンに通い出した涼花とミチルは、どんどん仲よくなった。

といっても、小学校は別々だから、顔を合わせるのはスイミングスクールの日だけだ。それも、行き帰りのバスも含めて二時間程度にすぎない。でも、短い間しか会えないのでよけいに、一緒に過ごせるひとときは貴重だった。

泳ぐこと自体も、涼花にとっては楽しかった。もともと体を動かすのは得意だけれど、水中で全身がふわっと軽くなる感覚は格別で、クロール、背泳ぎ、平泳ぎ、と順調に習得していった。一方、ミチルは苦戦していた。どうにかプールに体をひたせるようになってからも、顔を水につけられるまでがまた長かった。息継ぎがうまくできないらしく、鼻や口に水が入るたびに泣きべそをかいていた。

涼花は陰ながら応援していた。時間はかかっても、ミチルは前に進めている。水泳に限らず、ピアノでもお習字でも、習いごとというのは階段を一段ずつ上っていくようなものだ。あせらず地道に努力していれば、着実に上達する。

ところが、ミチルの場合はちょっと違っていたのだった。

一階から二階まで上るには、涼花の何倍もの時間を要した。しかしながら、二階から三階に向かう踊り場、時期としてはスクールに通い出して二年目のあたりで、突如としてはずみがついた。

息継ぎと潜水《せんすい》に次いで、それまで持て余しぎみだった長い手足を水中で自在に動かすコツもつかんだミチルは、まもなくレーンの誰よりも速く泳げるようになった。一段飛ばし、いや数段飛ばしで一気に階段を駆け上っていくかのように、息を切らしもせずに軽々と、涼花や他の子たちをまたたくまに追い抜いた。そのめざましい進歩にコーチも仰天《ぎょうてん》していた。

ミチルの泳ぎは、ただ速いだけではない。水をかくフォームやら息継ぎのタイミングやら、専門的なことはよくわからない涼花の目から見ても、明らかに美しい。涼花は泳ぐとき、力いっぱい水をかきわけて前へ進む。でもミチルは、水の流れが体を自然に運んでいくみたいに見える。しなやかで優雅《ゆうが》な動きは、水中で暮らす生きものを想起させた。人魚みたい、と誰かが感嘆の声をもらし、そのとおりだと涼花も思った。

「どうやったらそんなふうに泳げるの？」

たずねると、ミチルは困った顔で首をかしげていた。

「よくわかんないけど、突然できるようになった」

いったいなにが起きたのか、本人にさえ説明できないらしかった。

ともあれ、仲よしの友達が並はずれた才能を開花させたことは、涼花にとっても素直に喜ばしかった。ミチルが褒められ注目されるようになって、自分のことのようにうれしく、誇らしかった。

もちろん、今でもうれしいし、誇らしい。ミチルにはこれからも活躍してほしいと願っている。心から。

ママは勘違いしているみたいだけれど、涼花はミチルと自分を比べるつもりはさらさらない。僻んだり、いじけたり、うらやんだりもしていない。

涼花は負けずぎらいだね、とママにもパパにもよく言われる。その自覚もある。涼花と同時期に入会した生徒は他にも何人かいて、その子たちよりタイムが遅かったり進級テストで先を越されたりすると、無性に悔しい。なのに、ミチルに対してだけは、張りあおうという気持ちが一切わいてこない。比べて一喜一憂《いっきいちゆう》するには、あまりにも差が大きすぎる。なんというか、格が違う。ミチルは別の世界で、言ってみれば広大な海で、泳いでいる。

あらためてそう思い知らされたのは、二年生の冬休みのことだった。

レッスンが終わってロビーに出たら、珍しくミチルのママが迎えにきていた。スクールのジャージを着た若い女性と立ち話をしている。担当のコーチかなと思ったけれど、近づいて見ると知らない顔だった。

「ミチルちゃん？　はじめまして」

はきはきと名乗る。選手コースを受け持っているコーチだという。選手コースの存在は、涼花も知っていた。その名のとおり、水泳選手をめざせるような実力のある子が選抜されて、少数精鋭で特訓を受けるのだ。

「来月から、よろしくね」

コーチがミチルの肩に手を置いて、ほがらかに言った。

「来月から？」

涼花は声を上げてしまった。

ミチルの上達ぶりを考えれば、選手コースに抜擢《ばってき》されてもおかしくなかったけれど、本人はなんにも言っていなかった。涼花のほうからも聞かなかった。後から思えば、無意識のうちに避けていたのかもしれない。ミチルと離れ離れになってしまう可能性を、深く考えたくなかったから。

「ミチル、涼花ちゃんにまだ話してなかったの？」

ミチルのママは意外そうに娘たちを見比べたものの、すぐ笑顔に戻った。涼花に向き直り、頭を下げる。

「ミチルがここまで泳げるようになったのは、涼花ちゃんに誘ってもらったおかげだよ。本当に、ありがとう」

かしこまってお礼を言われ、涼花は返事に困った。ミチルのママはかまわず続けた。

「体験入会のときに、もし涼花ちゃんが助けてくれなかったら、今も泳げないままだったかも。そう考えたら、感謝してもしきれない」

ね、と同意を求められて、ミチルもこくこくとうなずいた。

「ミチルちゃんは、もっともっと泳げるようになるよ。一緒にがんばろう」

コーチが自信ありげに言いきり、涼花に目を移した。

「これからも、応援してあげてね」

ミチルも、ミチルのママも、つられたようにこっちを向いた。

「がんばってね」

涼花は言った。そうとしか言いようがなかった。

涼花はエビピラフ、おばあちゃんはミックスサンドイッチ、正子さんはナポリタンを注文した。

「デザートとコーヒーは、後でまたお願いします」

「かしこまりました」

正子さんと店員さんが話している隙に、涼花はおばあちゃんの腕をつついた。

「ナポリタンってなに？」

「あら、涼ちゃんは食べたことない？　ケチャップ味のスパゲッティよ」

「ケチャップってことは、トマト味？　ミートソースとは違うの？」

「違う」

おばあちゃんと正子さんが、そろってきっぱりと首を振った。やっぱり絶妙に息が合っている。

「最近、あんまり見かけなくなったわね。昔はどこの喫茶店にもあったのに」

「しかたないかも。これぞ昭和の料理、って感じじゃない？」

「涼ちゃん、昭和はわかる？」

おばあちゃんにたずねられ、涼花はうなずいた。

「知ってるよ。平成の前でしょ？」

パパもママも、昭和生まれだ。小学生の頃は、まだインターネットは一般に普及していなかったし、スマホなんて影も形もなかったらしい。信じられないよね、とふたりともなぜだか得意げに言うけれど、さぞかし不便だったに違いない。

「そうだ、涼ちゃんは昔の話を知りたいのよね？　待ってる間にやる？」

うながされて、涼花は持参したノートを出した。

「昔って、どのくらい昔？」

正子さんがたずねた。

「自分が生まれるより前なら、いつでも」

「涼花ちゃんは三年生だっけ？　じゃあ、九年以上前ならいいってことね」

「九年前なんて、つい最近じゃないの」

おばあちゃんが不満げに言う。

「いっそ五十年前にしたらどう？」

「いいかもね」

正子さんがふふっと笑った。

「われわれの若かりし時代ね」

今では建売住宅が並んでいる駅の反対側は、見渡す限り田んぼしかなかったこと。市民会館の建っている一画に、市場があったこと。河川敷は整備されておらず、メダカやザリガニがとれて男子に人気があったこと。でも大きな台風が来ると、一帯が水びたしになって大変だったこと。おばあちゃんと正子さんがかわるがわる話してくれる街の様子を、涼花はせっせとノートに書きとめていく。

「駅前の商店街も、もっと活気があったわよね」

「今もがんばってるお店もあるけどね。さすがに、どこも代替わりはしてるか」

「そういえば、酒屋の坊ちゃん、わたしが新任のときに担任したわ」

「梅本《うめもと》酒店？」

「そうそう。あ、涼花ちゃんの通ってる一小も、今とは全然違ったのよ」

正子さんが言った。

「そうね、木造で冬は冷えるし、夜はおばけなんか出そうな感じで」

「戦前からあったんだもの。バブルの頃に建て替えたんだっけ」

「それっていつ？」

涼花が聞くと、正子さんとおばあちゃんは顔を見あわせた。

「八〇年代の後半から、九〇年代の頭くらいかしら」

「涼ちゃんのパパが、小学校に上がるか上がらないかって頃かな」

大昔だ。

「ていうか、バブルってなに？」

おばあちゃんたちが再び顔を見あわせた。

「バブルっていうのは、泡って意味でね。その時代には、いろんな理由で、株や土地の値段がどんどん上がっていったの。ちょうど、しゃぼん玉がふくらむみたいに」

正子さんが両手を大きく広げてみせた。

「でもね、永久にふくらみ続けるしゃぼん玉なんて存在しないでしょ？　いつまでも息を吹きこんでたら、さて、どうなるでしょうか？」

途中から、だんだん先生っぽい口調になっていく。涼花はおそるおそる答えた。

「破裂しちゃう？」

正子さんが手のひらをぱちんと打ち鳴らした。

「正解です。突然はじけて、土地も株も大暴落。日本中が大変なことになりました」

「ほんとに大変だったのよ」

おばあちゃんも、うんうんとうなずいている。

「詳しくは、自分で調べてみて。なんでそんなことになったのか、その後どうなったのか」

正子さんはしめくくり、頭を振った。

「こういうことを説明するのって、難しいわねえ。ひさしぶりに思い出した」

「ひさしぶり、ってほどじゃないでしょう。正子さんがそんなこと言ってたら、わたしはどうなるの」

「わたしだって現場を離れて長いもの。シズエさんこそ、涼花ちゃんがそばにいてくれていいわね。脳みそが若返りそう」

ぼーん、と振り子時計が相槌《あいづち》を打つかのように鳴った。


食事中も、正子さんとおばあちゃんは休みなく喋っていた。家族について、共通の知りあいについて、話題はめまぐるしく変わる。

「そういえば、さっちゃんはお元気？」

おばあちゃんがたずねた。正子さんのお嬢さんはカナダに住んでるのよ、と涼花に補足してくれる。

「元気みたい。家を売るのも引っ越すのも事後報告だったから、ちょっと怒ってたけど」

「えっ、なんにも相談しなかったの？」

「あの子も忙しいだろうから、自分でできることは自分でやろうと思って。向こうは向こうで、勝手にやってるしね」

「お宅はほんとに、似た者親子ねえ。まあでも、そんなふうにそれぞれ好きにやれるっていうのは、信頼しあってるって証拠ね」

それもそうだと涼花は思ったけれど、当の正子さんはひょいと首をすくめた。

「どうかしら。信頼してるっていうより、あきらめてるんじゃない？　お互いに」

信頼とあきらめでは、大違いだろう。

戸惑《とまど》う涼花をよそに、正子さんはひとしきり新居の魅力を熱弁した。いいなあ、とおばあちゃんは子どもみたいにうらやましげな声を上げている。

今日のおばあちゃんは、なんだかいつもと違う。声が大きめで、口数も多い。心もち早口なのは、話したいことがたくさんあるからだろうか。それに、ちょっとしたことでくすくす笑い出す。

あらかた食べ終えてから、デザートも注文した。

ケーキやパフェが何種類かある。涼花は目移りしてしまったけれど、おばあちゃんたちはメニユウをろくに見ようともしなかった。

「もう決まってるから」

おばあちゃんに目くばせされた正子さんが、楽しそうに言葉を継ぐ。

「わたしがフルーツパフェで、シズエさんはチョコレートパフェ」

この店に来るたびに、決まって同じものを食べるらしい。涼花は迷いに迷った末に、季節限定だという桃のパフェを選んだ。

ほどなく運ばれてきた三人分のパフェは、背の高いグラス型の器に盛りつけられていた。店員さんがそれぞれの手もとにひとつずつ置いてくれる。

「おいしそう」

歓声を上げた涼花に、おばあちゃんがにこにこして言う。

「おいしいわよ」

店員さんが目礼して背を向けたとたん、おばあちゃんと正子さんはめいめいのグラスをすばやく交換した。

あれ、と涼花はひそかに首をひねった。おばあちゃんがチョコで正子さんがフルーツと聞いた気がするけれど、覚え違いだろうか。

「いただきます」

おばあちゃんたちが声をそろえた。

涼花も自分のスプーンを手にとって、てっぺんの桃をひときれほおばった。やわらかくて甘い。

「ああ、おいしい」

「ここのパフェはほんとに絶品ね」

おばあちゃんと正子さんは目を細めて言いあうと、またグラスを交換した。それでようやく、涼花にも事情が理解できた。

涼花も、また店員さんも、注文の品を勘違いしていたわけではなかったのだ。まずは相手に味見させてあげるのも、ふたりの習慣なのだろう。いちいち言葉をかわしもしないのは、もはや暗黙の了解になっているからかもしれない。

涼花とミチルも、つい半年前まではそうだった。スイミングスクールのロビーで、アイスを分けあって食べていた。

「涼花ちゃんも、ひとくちいかが？」

視線を感じたのか、正子さんが涼花に言った。

「いえ、いいです」

涼花はとっさに辞退した。仲よしのふたりの間に横から割って入るのは、気がひける。

「おばあちゃんのは？」

「ううん、いいよ。これ、けっこう量が多いし」

桃をもうひときれ口に放りこみ、壁の時計を見やった。ミチルは泳ぎ終えた頃だろう。いいタイムを出せただろうか。

ミチルが選手コースに移った翌月、涼花は競技会を見にいった。

会場は、運動公園の体育館に併設されている屋内プールだった。涼花は観客席から声を嗄《か》らして声援を送った。ミチルは背泳ぎで三位に入賞し、平泳ぎでも自己ベストを更新した。

試合の後、ひとことお祝いを言いたくて、涼花は体育館の出口でミチルを待った。ほどなく、スクールのバッグをぶらさげた女子が数人、かしましくお喋りしながら現れた。ミチルもいた。

ミチル、と涼花が呼びかけようとしたら、

「おつかれさま」

とロビーの反対側で快活な声が上がった。涼花も前に一度会った、選手コースのコーチが、大股でミチルたちに歩み寄っていく。

「ミチルちゃん、よくがんばったね」

よく通る声が、涼花の耳にも届いた。

「初出場で三位って、すごくない？」

「めっちゃ速かった」

子どもたちも興奮ぎみに言いたてる。注目を浴びたミチルはもじもじしている。

「おつかれ」

「今日の女子、調子よかったよな？」

男子の一群に、選手の保護者らしきおとなたちも加わって、ミチルを取り巻く人垣はまたひと回り広がった。子どももおとなも輪になって、にぎやかに話したり笑ったり、やけに盛りあがっている。ひと勝負を終えた後の昂揚《こうよう》もあるのかもしれなかった。

彼らから少し離れて、涼花は突っ立っていた。プールの匂いがつんと鼻をついた。ふだんのレッスンのときはさほど気にならないのに、自分が泳いでいないせいか、ばかにきつく感じられた。

このまま帰ろうかと考えかけたとき、ミチルがふと目を上げた。涼花に気づき、小さく手を振ってくれた。

涼花がほっとして手を振り返すと、ミチルの隣にいた女子に、値踏みするみたいにじろじろ見られた。ミチルになにか耳打ちしている。あの子は誰、とでも聞いているのだろうか。感じが悪い。

むっとしつつ駆け寄ろうとして、足がとまった。

あの子も含めて、ミチルを取り囲んでいるのは、厳しい練習をともに乗り越えてきた仲間たちだ。ただ観ていただけの涼花が、のこのこ割りこんでいいんだろうか。

「よし、みんなで写真を撮ろう」

コーチにうながされ、生徒たちがいそいそと二列に並んだ。ミチルは前列のほぼ真ん中に、女子ふたりに挟まれて立った。向かって右隣の子がミチルの腕に腕をからめ、左隣の子は肩に手を回した。

「笑って、笑って」

コーチに言われるまでもなく、みんな笑顔だった。ミチルもひかえめな笑みを浮かべている。

涼花はそっとその場を離れた。

くぐもった振動音がどこからか聞こえてきたのは、三人ともパフェをたいらげ、涼花は紅茶、おばあちゃんたちはコーヒーを飲んでいる最中だった。

「電話じゃない？」

涼花はおばあちゃんのひじをつついた。

「あら、ほんと」

おばあちゃんがハンドバッグからスマホを出した。画面に発信元が表示されている。

「おじいちゃんから？」

なんの用事だろう。家電の操作方法がわからないのか、それとも、なにかの置き場所を聞きたいのかもしれない。おじいちゃんは家のことがほとんどできない。おばあちゃんが家にいるときは直接、いないときは電話で、助けを求める。

「どうぞ、出てあげてよ」

正子さんがすすめた。おばあちゃんが腰を浮かせる。

「それじゃ、ちょっとだけ失礼して」

「ごゆっくり」

外に出ていくおばあちゃんを見送ると、正子さんは涼花に話しかけてきた。

「ごめんね、おばあさんのお喋りに長いことつきあわせちゃって。たいくつでしょう」

「そんなことない、です」

たいくつしていたわけではない。いろいろ気を散らしてしまって、むしろ頭の中は忙しかった。

「パフェもおいしかったし」

なるべく明るい声で、言い足した。正子さんの目もとがほころんだ。

「おいしいけど、大きかったでしょ。おなかいっぱいじゃない？」

「はい、けっこう」

「涼花ちゃんは小柄なのに、食べっぷりがいいのね」

家でもよく言われる。背が伸びる、とパパもママももっともらしく言うけれど、今のところそうでもない。

「それはシズエさんもか。特に、甘いものは別腹よね。若い頃は、ここでパフェをおかわりしたこともあったなあ。この年齢になったらさすがに無理だけど」

二杯目のパフェは、ひとりずつ注文したのだろうか。ふたりで半分こしたのかもしれない。

涼花がぼんやり考えていたら、遠慮がちに顔をのぞきこまれた。

「大丈夫？　もしかして、今日はなにか他に用事があったんじゃない？」

涼花はぎくりとした。

「ないです」

もしや、時計を気にしているのを見られていたのだろうか。たいくつしていると誤解されたのも、そのせいかもしれない。

「実はね、前にシズエさんと会ったとき、いっぺん涼花ちゃんに会ってみたいなってわたしが言っちゃったのよ。それで無理に連れてこられたんだったら、申し訳なかったなと思って」

「違います」

どちらかといえば、無理に連れてきてもらったのだ。涼花が懸命《けんめい》に首を横に振ると、正子さんの表情がほぐれた。

「それなら、いいんだけど」

納得してくれたようだ。これ以上詳しく説明しなくてもよさそうだったけれど、なぜか涼花は言葉を継いでしまった。

「友達が」

正子さんが笑みをひっこめた。涼花の目をまっすぐに見て、うなずく。

「水泳の、選手で」

クロールで水をかくみたいに、涼花はひとことずつ続けた。

「今日も、大会に出てて。だけど、わたし、応援に……」

なんて言いたかったのか、そこで急にわからなくなってしまった。応援に行かなくて？　行けなくて？


涼花の話に、正子さんは黙って耳を傾けてくれた。

「さみしいね、それは」

しんみりと言われて、涼花はびっくりした。なんでわかるんだろう。さみしいなんて、ひとことも言わなかったのに。

涼花の気持ちを言い表すのに、それほどしっくりくる言葉はない。けれど同時に、口にすべきではない言葉でもあった。ミチル本人に対しては言うまでもなく、家族や友達と話すときにも、そう口走ってしまわないように涼花は心がけていた。

すごい。がんばれ。おめでとう。才能を認められ、日々努力を重ねているミチルにふさわしいのは、そういった前向きなひとことだ。さみしいなんて、言っちゃいけない。前へ前へ、ぐんぐん泳いでいこうとしている友達の足をひっぱるようなまねはしたくない。

でも。

「さみしい、です」

口に出したら、体から少し力が抜けた。

「そんなこと言っちゃだめだけど。ていうか、思うのもだめだって、わかってるんだけど」

言い訳すると、正子さんが眉間にしわを寄せた。

「思うのも、だめ？」

「だめ、じゃないですか？」

涼花はこわごわ問い返す。

「だって、さみしいものはさみしいでしょう。涼花ちゃんがどう感じるかは、涼花ちゃんの自由よ。お友達に言うかどうかは別としてね」

正子さんがテーブル越しにずいと身を乗り出した。口もとに手を添えて、ささやく。

「わたしもね、さみしかった。シズエさんがいなくなっちゃって」

内緒話をするみたいな、小声だった。

「どうして辞めることになったか、涼花ちゃんも聞いてる？」

「中途半端になるから、って」

来る途中に聞いたままを、涼花は答えた。

「まじめだから、シズエさんは」

仕事を辞めたいとおばあちゃんから相談され、正子さんは反対したという。

「もったいないと思ってね。シズエさんは教師に向いてた。子どもたちにも慕われてた。あきらめられなくて、説得しようとしちゃったのよね。あなたならできる、って」

それこそさみしそうに目をふせて、ぽつぽつと言葉を継ぐ。

「だけど今考えたら、かえって追い詰めてたのかも。本人が考え抜いて決めたことなんだから、応援してあげるべきだったのに」

「でもおばあちゃんは、ひきとめてもらえてうれしかった、って」

涼花はおずおずと言ってみた。

「シズエさんは優しいわね。相変わらず」

正子さんがつぶやき、顔を上げた。

「まあ、おかげさまで、今もこうやっておつきあいが続いてる」

「五十年もずっと友達って、すごい」

涼花が嘆息すると、正子さんはふっと笑った。

「五十年間ずっと、こんなふうに会えてたわけじゃないけどね。お互い違う道に進んで、ご無《ぶ》沙汰《さた》してた時期もあった」

でも不思議ね、と涼花に微笑みかける。

「はじめてこの店を見つけて、ふたりでパフェを食べたとき、わたしもシズエさんも独身だった。もちろん子どももいなかった。なのに今、わたしはここで、涼花ちゃんとこんな話をしてる」

じっと見つめられ、涼花はこそばゆくなって目をそらした。ぼーん、とまた時計が鳴った。

「ああ、そうだ」

正子さんがごそごそとバッグを探って、小ぶりの紙袋を取り出した。

「これ、よかったらどうぞ」

小瓶《こびん》をふたつ出して、テーブルの上に並べる。どちらも首にリボンが結んである。片方が水色で、もう片方はピンクだ。

中身は、こんぺいとうだった。黄緑、ピンク、オレンジ色、淡いパステルカラーの小さな星が、ぎっしりと詰まっている。

「あなたと、そのお友達に」

正子さんがにっこりして言い足した。

たぶん、おばあちゃんと涼花にひとつずつくれるつもりだったのだろう。もらっていいものかと涼花が迷っていると、正子さんは瓶をこっちに押しやった。

「遠慮しないで。シズエさんには、次会うときにまた買ってくるから」

涼花は思いきって手を伸ばした。

「ありがとうございます」

来週のレッスンのときに、ミチルに渡そう。ついでに、次の試合はいつあるのか聞いてみよう。

左右の手に持った小瓶の中で、色とりどりの星がきらきらと揺れた。

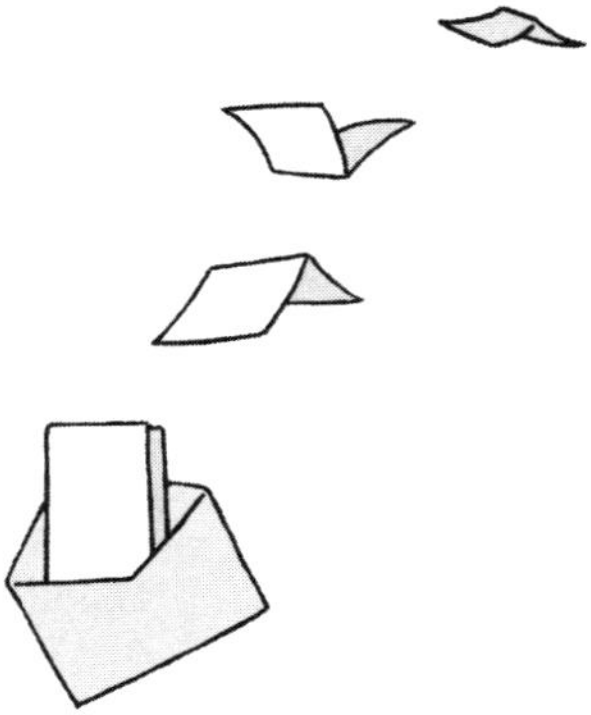

6

深呼吸

忠司《ただし》は壇上《だんじょう》から体育館の中を見渡した。

二面とられたバスケットボールのコートの、手前の一面にパイプ椅子が整然と並んでいる。明日の式典には、一般の参加者に加えて、教育委員長や市議といった公職の面々も何人か出席する手筈《てはず》となっている。ここだけ見れば入学式や卒業式を想起させる光景だが、その後方、もう片面のコートのほうへ視線をすべらせるとまた印象が変わる。

こちらは、同じ学校行事でも、どちらかといえば図画工作展を彷彿《ほうふつ》させる様相を呈している。白い布をかけた長机の上に、大小の展示品が陳列《ちんれつ》されている。

会の告知とあわせて故人にまつわる思い出の品を募集したら、予想以上の反響があった。教え子や保護者、友人に仕事仲間と、年齢も性別もまちまちな人々によってさまざまな品物が持ちこまれた。透明な箱型のケースにおさめたところ、ぐっとそれらしい見映《みば》えになっている。遠目には、博物館のような美術館のような雰囲気もある。実際、このケースは県立の郷土資料館から借りてきたものだ。わが校の卒業生が学芸員として勤めている伝手《つて》で、貸し出してもらった。

振り向いて、今度はステージの上を検《あらた》める。こちらには特段目をひくものはない。中央の演台にたてかけてある、白黒写真のパネルを除いては。

悠然《ゆうぜん》と微笑《ほほえ》む高村正子《たかむらまさこ》先生と、しばし見つめあう。

「貫禄ありますよねえ、いかにも」

昨日の夕方、設営を手伝ってくれた副担任の若手教師は、この写真をつくづくと眺めてそう評していた。忠司よりひと回り年下で、高村と面識はないという。

「定年から十年以上も経ってるんでしょう？　こんなにひとが集まるって、人徳ですね」

高村先生を偲《しの》ぶ会をやろうというのは、大沢《おおさわ》校長の発案だ。夏休み明けの職員会議で、議題に上った。

訃報《ふほう》を受け、第三小学校の職員室は朝から高村の話で持ちきりだった。教員の中には、高村のもとで学んだ教え子も、ともに働いていた後輩もいる。あちこちで思い出話に花が咲き、目を潤《うる》ませている者もいた。縁のあった人々で集まってお別れの会を開いてはどうかという大沢の提案に、誰からともなく賛同の声が上がった。

「では、どなたかお手伝いしてもらえませんか？」

大沢が呼びかけたとたん、しかし職員室はうってかわって静まり返った。ついさっきまで競いあうように哀悼《あいとう》の意を表明していた同僚たちは、こぞって目をふせて押し黙った。授業中、教師にあてられてしまわないように、息をひそめて下を向く子どもたちと大差ない。小学校の教員は忙しい。故人を偲ぶ心持ちがあるかどうかと、よけいな任務を引き受ける余裕の有無は、また別の問題である。

忠司とて例外ではない。が、一瞬遅かった。ぐるりと室内を見回した大沢と、目が合ってしまった。

「小田《おだ》先生、お願いできませんか？」

「僕ですか？」

質問形に、抵抗の意をこめてみた。単に面倒だというだけでなく、他にもっと適任がいるはずだとも思った。だからこそ、視線をそらす間合がずれてしまったのだ。忠司は高村とさほど親しいとはいえない。一緒に過ごしたのは、たったのひと月にすぎない。

「高村先生もきっと喜びます」

大沢がにこやかに言った。忠司がしぶしぶうなずくと、張りつめていた職員室の空気がゆるんだ。

とはいえその時点では、忠司も、たぶん他の教職員も、もっとこぢんまりとした集まりを想像していた。高村の「人徳」を、また大沢の行動力を、甘く見ていたのだ。

役所にも市議会にも教育委員会にも農協にも、高村の死を悼《いた》む人々はそこらじゅうにいた。大沢は精力的に会の趣旨を説明して回り、協力と寄付を募った。あれよあれよと話は大きくなって、こなすべき雑用も比例して増えた。もっとも、これほど忙しくなると事前に予見できていたとしても、忠司が校長じきじきのご指名を断れたかは疑わしい。その性格を大沢も承知の上で、白羽の矢を立てたのかもしれない。

まあいい。なにはともあれ、前日までこぎつけた。明日を乗り切れば任務完了だ。

なんとはなしに、高村の遺影に手を合わせる。喜んでくれてますか、と心の中で問いかけても返事はない。

踵《きびす》を返し、壇上からひょいと飛び降りようとして、やめた。日頃から子どもたちに禁じていることである。

小走りに階段を下りる。無人の体育館に、足音がやけに響く。

渡り廊下を通って、職員室に向かう。朝晩は冷えこむようになってきたが、昼間は陽ざしがあたたかい。

土曜の日中は、校庭を遊び場として開放している。校舎に入る手前で足をとめ、全体にざっと目を走らせた。ボールを投げあう子、鉄棒やジャングルジムで遊ぶ子、ただただ走り回っている子もいる。そこかしこで誰かが叫び、甲高《かんだか》い笑い声がはじける。

見たところ、特に問題はなさそうだ。再び歩き出そうとしたとき、忠司の足もとにサッカーボールがころころと転がってきた。

「先生、とって」

男子がふたり、向こうのほうでぶんぶん手を振り回している。二年生だろうか。忠司はねらいを定めて、力いっぱい足を振りあげた。

蹴りつけたボールは、まったく見当違いの方向へ飛んでいった。

子どもたちはぽかんとして見送り、二秒後にはげらげらと笑い出した。年齢が一桁《ひとけた》のうちしかできない、体の奥でなにかが破裂したような笑いかただ。忠司がふざけて変な方向をねらったと思ったのだろう。ひでえ、意地悪、とくちぐちに明るい声を張りあげて、いちもくさんにボールを追いかけていく。

校舎の中へ、忠司はそそくさと足を踏み入れた。ひとけのない廊下を進むにつれ、外の喧騒《けんそう》が遠のいていく。

忠司は運動全般が苦手だ。あの子たちと同じ年頃から、ずっと。昔のほうが、今よりもっとひどかった。やせっぽちで力が弱く、足は遅く、反射神経も鈍かった。体育の授業がある日は、朝から憂鬱《ゆううつ》でしかたなかった。

短距離走や器械体操の類なんかは、まだいい。くすくす笑われるのは恥ずかしいけれど、誰に迷惑をかけるわけでもない。とりわけ気が重いのは、チーム単位でやらされる球技だった。サッカーでもバスケットボールでもドッヂボールでも、勝ち負けはそっちのけで、球がこっちに飛んでこないようにと念じ続けた。同級生も心得ていて、意図してパスを回そうとはしないが、ひょんなはずみで転がってくることもなくはない。忠司にとって、ボールはまるい時限爆弾のようなものだった。すみやかに危険を遠ざけるべく、しゃにむに蹴ったり投げたりした。たいがいボールはあさっての方向へ飛んでいき、同じチームの子らはため息や舌打ちをもらした。

考えようによっては、ため息や舌打ち程度ですんで幸運だったともいえるのだろう。ひとつ間違えばいじめられていたかもしれない。教師となった今では、運以外の理由も思いあたる。いじめの標的になるには、忠司はよくも悪くも地味すぎた。波風立てず、ひっそりとクラスに溶けこんでいた。

息子の運動音痴は両親も知っていたが、ことさらに気をもんだり落胆《らくたん》したりするそぶりはなかった。父も母も、おおらかというか雑というか、細かいことに拘泥しないたちだったし、共働きで忙しかった。おまけに忠司の下には弟妹が三人もいる。もうちょっと心配してくれてもいいのに、と当時は物足りなくも感じていたけれど、これも今にして思えば、気に病んで騒ぎたてられるよりははるかにましだっただろう。

子どもの能力や嗜好《しこう》が、親の期待と必ずしもぴったり重なるとは限らない。多少のずれなら、双方が歩み寄ってすりあわせられなくもないが、あまりにかけ離れてしまうと悲劇が起きる。十余年の教師人生で、忠司は悲惨《ひさん》な事例を数多く目にしてきた。かつて野球少年だった父親――高校で県大会出場を果たした――は息子にも甲子園をめざさせたがる。音大卒の母親――ピアニストになろうとして挫折《ざせつ》した――は娘に楽器を習わせる。わが子とキャッチボールがしたい、連弾をしたい、と夢見る親心は理解できなくもない。一概に否定はしないし、うまくいく場合もある。

ただし、いかない場合もある。それも、けっこうある。

いったい誰に似たんだか、と嘆く親もいる。子どもに深く同情しつつ、忠司はたしなめる。お子さんにはお子さんの個性がありますから。

個性というのは、実に便利な言葉だ。長所も短所もひっくるめて、好ましく響く。教師に多用される所以《ゆえん》である。保護者面談の時期なんかには特に、呪文さながらに繰り返すことになる。何度も口にしているうち、とっくに味のなくなったガムをまだかんでいるみたいな気分になってくる。

休日の職員室はがらんとしていた。

ひとりぽつねんと座って書類仕事をしていた教頭が顔を上げ、ご苦労さま、と気の毒そうに労《ねぎら》ってくれた。余分の仕事を押しつけてしまったひとりとして、後ろめたいのかもしれない。

教頭のせいではない。活動的な校長に押されて影が薄い印象は否めないけれど、悪いひとではない。頼みごとを断るのが下手なのは、忠司の個性だ。お人好《ひとよ》しだの、気が弱いだの、優柔不断だの、昔からいろいろと言われてきた。それも、元をたどれば小学校時代に行き着くのかもしれない。いじめられはしなかったものの、幾分なめられているふしはあった。掃除当番を交代してくれと強引に頼まれたり、班単位の課題で調べものを押しつけられたりした。誰も進んでやりたくはないが、どうしても誰かがやらなければならないことが、忠司のもとへ回ってくる。

たいていは文句を言わずに引き受けた。こういうボールなら忠司にも対処できる。サッカーの試合中に回ってくるパスに比べれば、どうということはない。体育の授業や運動会での失点を埋めあわせられるなら、悪い取引でもない。それに、忠司がやらないとするとまた別の誰かにボールを渡さねばならない。そこでもめるくらいなら、最初から自分でやったほうが早いし後腐れもない。ありがとうと礼を言われ、助かったと感謝されれば、それなりに報われた気分にもなった。犠牲の精神というような、高尚《こうしょう》なものでもない。そのほうが効率的で、理にかなっているというだけの話だ。

ちょっとした転機が訪れたのは、小学五年生の春だった。

新学期から、忠司は小学生向けの学習塾に通い出した。父が職場の上司だったか得意先だったかに紹介されて、断りきれなかったのだ。気は乗らなかった。宿題もテストも面倒くさいし、近所ならまだしも、隣の市まで電車で往復するのも億劫《おっくう》だった。私立中学を受験する予定もない。学校の授業にも、問題なくついていけていた。

忠司の通知簿は、算数が常に五、理科と国語は四、その他ほとんどが三で、体育だけが二だった。運が悪ければ一になる。今と違って、公立小学校の成績は相対評価でつけられていた。五段階それぞれの比率が定められ、自ずと人数も決まる。最上位の数人にのみ五が与えられ、次いで四、平均にあたる三が最も多く、二、一と続く。自身の学力が級友たちの間でおおよそどのあたりに位置するか、たやすく理解できるしくみだった。あくまで客観的に、かつ容赦《ようしゃ》なく。

教師にしてみれば、機械的に計算できて手間がかからない。クラス全員に順位をつけて並べ、上からしかるべき人数ごとに区切って五つに分ければすむ。万が一保護者から物言いがついても、論理的に説明できる。昨今に比べれば、そんな親も少なかっただろう。そこも含めて、昔はよかったとぼやく同僚もいるけれど、忠司は絶対評価のほうが気は楽だ。一や二をつけられる子どもはでつらかろうが、評価を下す側も心は痛む。よっぽどの事情でもない限り最低評価はつけないのが、教員たちの間では暗黙の了解となっている。要らぬことをして保護者に疎《うと》まれてもやっかいだ。

さておき、いやいや入った学習塾は、いざ通ってみると思いのほか楽しかった。

考えてみれば、当然だった。塾は勉強をするための場所で、勉強は忠司の得意分野である。得意なことに集中して取り組み、成果を出せば認められる。子どもにとって、これほど理想的な環境はない。

国語と算数の授業を週に一コマずつ受けた。いずれも内容は小学校のそれより段違いに高度で、ことに算数は比べものにならず、いくら脳みそを振りしぼっても歯が立たない難問もあった。学校ではまずありえないことだ。しかし手こずれば手こずるほどに、解けたときの喜びはひとしおだった。

さらに、塾では勉強のできる子が露骨《ろこつ》に、また徹底的に評価された。テストの結果は貼り出され、上位の生徒を講師が名指しで褒める。毎週、算数のクラスで名前を呼ばれ、教室中から羨望《せんぼう》のまなざしを向けられて、忠司は喜ぶというよりどぎまぎした。そんな目で見られたことは、これまでの人生で一度もなかった。

ある日、休み時間に隣の子が話しかけてきた。問題集を広げ、中ほどの一問を指さす。

「これ、解けた?」

忠司も苦戦した問題だった。合ってるかはわかんないけど、と前置きしてから解説すると、彼は神妙《しんみょう》に耳を傾けていた。

「あ、そっか」

つぶやいたその子の表情を、忠司は今でも覚えている。

「わかった」

と言われるより先に、彼が理解したことを忠司も理解していた。漫画の登場人物がなにかひらめいた場面で、頭上に電球のマークが描かれることがあるけれど、まさにそんな感じだった。理科の授業でやった、乾電池と豆電球で回路を作る実験を思い出した。目の前に座っている相手の脳内で回路がつながり、首尾よく電流が通じた瞬間を、忠司は目撃したのだ。瞳の奥にともった光が見てとれた。

「ありがとう」

心からうれしそうに礼を言われ、忠司までうれしくなった。

その日から、たびたび質問を受けるようになった。他の生徒も集まってきた。先生よりもわかりやすいと感激してみせる子さえいた。そんなことないよと謙遜《けんそん》しつつ、まんざらでもなかった。誰かの目に理解の光がさすのを見ると、なんともいえず満ち足りた気持ちが胸いっぱいに広がった。

なぜ教師になったのかという問いは、新任の頃から幾度となく受けてきた。頻度はだいぶ減ったものの、今でも時折たずねられる。「子どもが好きなので」とか「なんとなく」とか、あたりさわりのない返事をしながら、忠司はいつもあの光を思い浮かべている。わかった、と声を上げた子の、目の中にひらめく光を。

夏休みのはじめ、算数の授業前に同じクラスの女子から声をかけられた。

「これ、教えてくれない？」

女子に話しかけられるのは珍しかった。小学校の高学年というのは微妙な年頃だ。男子と女子の間に壁ができ、気軽に口を利きづらくなる。

これは、現代の小学生にもあてはまる。時代が移っても、そういうところは変わらないらしい。小五や小六のクラスを受け持つと、異性どうしのいがみあいをなだめるのが一仕事だ。五年一組の担任となった今年度も、毎日のようにいざこざの仲裁に入っている。

ただし、あのとき忠司の返事が遅れたのは、女子とかかわりあいたくなかったせいではない。突然話しかけられて、頭がうまく回らなかっただけだった。

「ごめんね、いきなり。えっと、わたし、カワイサユリ」

すくんでいる忠司に向かって、彼女はおずおずと名乗った。警戒されたと思ったのかもしれない。リボンを結んだみつあみが揺れて、果物みたいな甘いにおいが漂《ただよ》った。

「いいよ」

ようやくしぼり出した声がうわずってしまい、忠司は赤面した。

カワイサユリは気にするそぶりもなく、机の上に問題集を広げた。前週の宿題だった。自席から椅子をひっぱってきて横に座り、また忠司の顔を見る。まつげが長い。大きな目でじっと見つめられると、なんだか吸いこまれてしまいそうだった。

ぼうっとみとれていたら、カワイが問題集に視線を落とした。催促されているようで居心地悪くなり、忠司はたずねた。

「どの問題?」

「全部」

かぼそい声で、返事があった。

宿題は今日中に提出しなければならない。授業前に終わるだろうか。時間がないと思ったら、かえって落ち着いてきた。忠司はいつも他の子にそうするように、順を追って解説した。いつもより、いくらか力が入っていたかもしれない。忠司の口にした数式を、カワイはすばやく書きとめていった。きれいな字だった。

途中で何度か一呼吸おいて、カワイの様子をうかがった。これも、ふだんと同じだった。理解が追いついているようなら先へ進み、そうでなければもう一回説明し直す。相手のほうから、ちょっと待って、と考える時間の猶予《ゆうよ》を求められる場合もあった。

忠司が言葉を切るたびに、カワイはすかさず先をうながした。

「それで？」

忠司は面食らった。カワイの顔を見れば、理解しきれていないのは一目瞭然《りようぜん》だった。が、そう指摘するのも失礼な気がして口には出せなかった。早くしあげてしまいたくて、あせっているのかもしれない。

始業のチャイムが鳴る前に、すべての問題を解き終えた。忠司の言うことをそのまま書きとるだけだから、たいして時間はかからなかった。よかった、まにあった、と安堵《あんど》したところで、疑問が口をついて出た。

「わかった？」

「うん」

なぜそんなことを聞くのかとでも言いたげに眉をひそめ、カワイはうなずいた。

「なら、いいけど」

忠司はもごもごと言った。勘違いだったのだろうか。女子に慣れていないせいで、調子が狂ってしまったのかもしれない。

チャイムが鳴って、カワイが立ちあがった。

「ありがとう。助かった」

その日はじめての笑顔を向けられたとたん、忠司の頭からよけいな考えは吹き飛んだ。

授業の後、駅までの道で一緒になって、また少し話した。忠司が推測したとおり、カワイはあせっていたらしかった。提出した宿題は採点され、後日返却される。その出来が悪いと家で厳しく叱られると聞いて、忠司は同情した。

「大変だね」

忠司の両親は、息子の成績にさほど注意をはらっていない。ごくたまに、塾はどうかと思い出したようにたずねてくるくらいだ。テストで満点をとったと答えれば一応は褒めてくれるが、だからといって特に関心が増すふうでもない。

「しかたないよ」

物憂《ものう》げに頭を振ったカワイは、ひどくおとなびて見えた。忠司に向き直り、上目遣いで言い足す。

「ねえ、これからも教えてもらっていい？」

「いいよ」

言うまでもなく忠司は即答した。

翌週から、毎回カワイは授業前に忠司の席へいそいそとやってくるようになった。あせっていたのは、初日だけではなかった。とにかく宿題を片づけることしか頭にない。遠慮がしだいに薄れると、口述筆記もまどろっこしくなってきたようで、忠司の解答を書き写させてほしいと頼まれもした。

「自分でやったほうがいいんじゃない？」

勇気をふるって、言ってみたこともある。自分自身の頭で考えなければ、いつまで経っても身につかない。つまり、カワイのためにならない。

「だって、算数は苦手なんだもの」

カワイは唇をとがらせた。

「無理なものは無理なの。数字を見てるだけで、気持ち悪くなってくる」

泣きそうな顔で訴えられては、忠司も口をつぐむほかなかった。無理なものは無理、忠司だって体育の授業中には何度そう思ったことか。練習すれば上達すると教師も同級生も口をそろえるが、なんの励ましにもならない。

「小田くん、いつもほんとにありがとう。手伝ってもらって、ものすごく助かってる」

感謝の言葉が、口先だけでなく真心からのものだというのは、忠司にも伝わってきた。カワイは本気で困っていた。心の底から助けを求めていた。

声にならない、切実なその叫びを聞きとれた理由が、今ならわかる。忠司もまた、小学校では同じような気持ちを味わっていたからだろう。当時はそこまで追い詰められている自覚はなかったけれど、胸の奥底では、誰かに助けてほしかった。蹴りそこねたボールを巧《たく》みに拾って「ナイスパス」と笑ってくれる誰かを、ひとり居残りして班の課題を片づけていたら「一緒にやろうか」と優しく声をかけてくる誰かを、待っていた。

忠司はカワイの宿題を手伝い続けた。つまらない正論を言いたててきらわれたくなかったし、なにより、カワイの力になりたかった。

でも、やりかたを間違った。

二学期の終盤に行われた実力テストで、忠司とカワイは偶然にも隣どうしになった。

「お隣だね」

カワイは声をはずませた。くすぐったくなって、忠司はただうなずいた。

理科、国語、算数の順に、三科目を受けた。理科と国語は時間ぎりぎりまでねばっても解ききれなかったが、算数だけはいつもどおり余裕があった。最後まで解き終えて、計算間違いがないかもう一度見直そうと問題用紙をめくったとき、ふと妙な気配を感じた。

忠司は体を動かさないようにして、視線だけを右に向けた。忠司と同じように体も顔も正面を向き、うつむきかげんに座っているカワイと、目が合った。

考えるより先に、手が動いていた。解答用紙を机の右端すれすれまでずらし、その左に問題用紙を並べ、両手をそろそろと膝に下ろした。残りの試験時間は、問題文と解答欄を見比べながらやり過ごした。といっても、機械的に目を動かしていただけで、どちらにも焦点は合っていなかった。心臓が早鐘《はやがね》のように打っていた。

試験が終わるまでの、たかだか五分か十分が、ばかに長く感じられた。答案が回収された後も、まだどきどきしていた。拳を握りしめていたせいで、手のひらがじっとりと汗ばんでいた。周囲の子たちが試験の出来について喋ったり嘆《なげ》いたりする声が、意味をなさない雑音として耳を素通りしていった。

カワイのほうは見ないようにして、のろのろと帰り支度をすませた。立ちあがりざまに右隣を見やると、席はもう空っぽだった。ひとりで教室を出て、帰途についた。背後からの足音に何度か振り返ったけれど、誰も追いかけてきてはいなかった。早足で駅までたどり着き、ほうっと腹の底から深い息がもれた。

家に戻る頃には、胸の鼓動《こどう》もだいぶおさまっていた。そもそも、カワイが忠司の答案を盗み見たかどうかも定かではない。仮に盗み見たとしても、書き写したとは限らない。それを知っているのは本人だけだ。確かめようとは思わない。カワイも忠司に話そうとは思わなかったから、先に帰っていったのだろう。

翌週、忠司はいつものとおり塾に行った。自然にふるまおうと心に決めていたが、教室に入るなり、カワイの姿を探さずにはいられなかった。

カワイはいなかった。よく見たら、席に荷物もない。ふだんは決まって忠司より先に来ているのに、珍しい。なんだかいやな予感を覚えつつ自席につくと、前の列の男子に話しかけられた。

「なあ、聞いた？　こないだの模試でカンニングした奴がいて、退塾になったんだって」

息がとまりそうになった。

カワイが母親とともに塾長室に呼び出されていたという噂は、あっというまに広まった。その日居あわせた生徒によれば、お恥ずかしい限りで、とすすり泣く母親の声が廊下にまでもれ聞こえてきたという。退塾処分になったのではなく、自分からやめると申し出たという説もあった。

発覚の経緯についても、諸説が入り乱れていた。監督官に見とがめられた。突如として高得点をたたき出したせいで不審がられた。実は常習犯で前から目をつけられていた、と訳知り顔で吹聴《ふいちょう》する輩までいて、忠司は怒りにかられた。さらに、もっと見当はずれな意見まで飛び出した。カンニングされた側の生徒が、被害者として訴え出たというのだ。

違う、と忠司は叫びそうになった。おれはそんなことしない。絶対しない。カワイもそう疑ったかもしれないと考えただけで、いてもたってもいられない心地になった。

むろん、実際に叫びはしなかった。カワイはもういない。いくら叫んでも、カワイの耳には届かない。そう自分に言い聞かせる反面、黙りこむなんて卑怯《ひきょう》だと情けなくも思った。正直に白状しようかとも考えた。カワイが答案を見たのは、忠司が見せたからにほかならない。忠司は被害者というより、共犯者と呼ばれるべきだった。

ただ、よく考えてみれば、その事実を明らかにしても、カワイの立場が好転するとは限らなかった。なぜそんな位置にわざと答案を置いたのかと理由を問われたら、忠司はごまかしきれるだろうか。答えがたまたま視界に入ってしまって魔がさしたのか、見せてほしいと目顔で乞《こ》うたのか、どちらが情状酌量《じょうじょうしゃくりょう》の余地が大きいかは考えるまでもない。となると、知らないふりをしたほうがいいのか。

悶々《もんもん》としているうちに、騒ぎは鎮《しず》まった。空いていた机には新たに入塾してきた男子が座り、塾生たちの好奇心は男性講師と女性事務員の職場結婚に向かった。

その後、忠司がカワイと会う機会は二度となかった。


校長室のドアをノックすると、どうぞ、と張りのある声が返った。

平日の休み時間、校長が在室しているときは、このドアは開いていることが多い。来客中や会議中以外は、子どもたちが自由に出入りできる。敬愛する高村の流儀を、大沢も踏襲《とうしゅう》しているのだ。忠司が教育実習で母校に戻ってきた折に、十年前とは様変わりしているところがいくつもあったが、これもそのひとつだった。

ドアを開けたら、奥のデスクに座っていた大沢が目を上げた。

「ああ、小田先生。おつかれさまです」

「少しお時間をいただけますか。明日のことで」

忠司は手に持っていた資料を振ってみせた。大沢がうなずく。

「ちょうどよかったです。ついさっき帰ってきたところで」

昼前に忠司が出勤してきたとき、大沢は入れ違いにあわただしく出かけようとしていた。昨日、四年生の男子がつかみあいの喧嘩《けんか》をしたという話は、忠司も聞いていた。大沢も担任の教師とともに、当事者ふたりの自宅を訪問すると言っていた。

「どうでしたか」

「ひとまず大丈夫かな。どっちのご両親もまあまあ冷静で、助かりました。子どもたちに怪我もないし。むしろ、先生のほうがまいっちゃってて」

無理もないだろう。まだ教師歴二年目の若い女性教師だ。

「折を見て、僕からも声をかけてみましょうか」

「ええ、ぜひお願いします」

さて、と大沢が手を打って話を戻した。

「準備のほうは、順調ですか?」

「会場の設営は、ほぼ完了です。あとは、当日の進行を確認できたらと」

年季の入った応接セットのソファで、さし向かいに座った。

忠司が資料を手渡すと、ほぼ同時に、電子音が鳴り出した。大沢が顔をしかめてポケットからスマホを出した。液晶に目を落とし、数秒思案した末に、手刀を切った。

「ちょっと失礼」

スマホを耳にあてる。席をはずそうかと忠司は腰を浮かせかけたが、手ぶりで制されて座り直した。大沢のほうが立ちあがり、渋面とはうらはらに愛想《あいそ》のいい声で応対しつつ、校長室から出ていった。

ひとり残された忠司は、手持ちぶさたに室内を見回してみた。書棚に教育関連の専門書がぎっしりと詰めこまれ、細かい刺繍《ししゅう》のほどこされた校旗がデスクの脇にかかげてある。壁には額に入った写真がずらりと並び、歴代の校長がこちらを見下ろしている。

高村校長は、すぐに見つかった。黒や紺のジャケットにネクタイをしめた男性陣に囲まれて、明るい藤色の上着が目をひく。紅一点ならぬ、紫一点だ。

十五年前、その高村と、忠司はここで向かいあった。まさに、このソファで。

縮こまっている教育実習生に、高村は凛《りん》とした声でたずねた。詳しい話を聞かせてもらえますか、と。

三小での教育実習で、忠司は二年一組に配属されていた。担任は五十がらみの男性教師で、穏和で面倒見がよく、その手腕もあってか、低学年にしてはまとまりのある和やかな雰囲気のクラスだった。緊張していた忠司も、ひとなつこい子どもたちから熱烈に歓迎《かんげい》されて、数日でうちとけることができた。

四週間の実習も半ばを過ぎた頃、昼休みに五、六人の女子が教室の一隅に集まっているのを見かけた。

「なにしてるの?」

忠司がなんの気なしにたずねると、子どもたちは我先に答えた。

「特訓してるの」

「リンちゃんが九九、苦手だから」

二年生の二学期における目玉単元といえば、なんといっても九九だろう。算数の授業は音楽の授業に負けず劣らず、にぎにぎしかった。担任教師が歌うように唱え、皆が意気揚々と後に続く。子どもたちの耳になじむように、休み時間にいきなり歌い出すこともあって、その場の全員で大合唱がはじまった。

「へえ、そうか。先生も入れてくれる?」

女児たちの輪に、忠司も加わった。万が一いじめの兆候があれば、すみやかに対処しなければならない。

「じゃあもう一回、五の段からね」

めがねをかけた利発そうな子が音頭をとり、ゴイチガゴ、ゴニジュウ、と他の数人もふしをつけて唱え出した。ゆっくりした口調はリンちゃんへの配慮だろう。途中で口ごもったときは、いったん中断し、励ますように見守っている。

無事に五の段をしあげ、子どもたちは手をたたいて喜びを分かちあった。リンちゃんをばかにしたりからかったりしているふうではなく、忠司は胸をなでおろした。ひとえに友達を助けたい一心なのだろう。正義感というのか、責任感というのか、誰かが困っていれば手をさしのべようという意識が芽生える年頃である。純粋な分、頼まれてもいないのに親切の押し売りをして、うっとうしがられることもなきにしもあらずだが、今回に限ってはそれもなさそうだ。

　このリンちゃんのことは、それ以前から少しばかり気になっていた。

　忠司は大学で教育心理学を専攻した。ゼミの担当教官は子どもの発達障害を主に研究していて、その指導のもと、卒業論文の題材に学習障害を選んだ。学習障害とは発達障害の一種で、知能に問題はないが、特定の分野を極端に苦手とするのが特徴だ。そのひとつである算数障害について教わったとき、忠司がまっさきに想起したのはカワイのことだった。他の科目は総じて平均以上なのに、算数だけが異様に足をひっぱっていた。数字を見るだけで気分が悪くなるとこぼしてもいた。

　卒論の準備で関連文献を読みあさっていたせいもあってか、実習の現場でも、学習障害が疑われるような言動はどうしても目にとまった。

　リンちゃんは、教師の呼びかけに対して反応が遅れがちだった。生来おっとりした性格のようだが、それにしても少々目立つ。といって、注意散漫《さんまん》なわけでもなく、授業中によそ見をしたり気を散らしたりするそぶりもない。しっかり黒板を見てまじめにノートをとり、宿題もきちんとやってくる。さりげなく注目しているうち、どうやら口頭で指示されるのが苦手らしいと忠司は気がついた。友達が相手でも同じで、会話の合間に「えっ?」「なに?」と頻繁《ひんぱん》に問い返す。周りも慣れたもので、「もう、また聞いてなかったの?」と軽口をたたきつつも、前言を繰り返してやっている。

ひょっとして耳が悪いのかと担任教師に質問したら、「やっぱり気になった？」と言われた。母親との面談でも、その話が出たらしい。念のため病院にも連れていったが、聴力検査の結果には異常がなかったそうだ。ぼんやりして聞き逃してるだけみたいです、先生も遠慮なく叱ってやって下さい、と苦笑まじりに頼まれたという。

担任の話を聞いて、忠司の懸念《けねん》は深まった。少し前に、ちょうど似たような事例を取りあげた論文を読んだばかりだった。専門用語では、聴覚情報処理障害と呼ぶ。聴力には問題がないにもかかわらず、聞こえた言葉の意味を理解しづらい。具体例として、聞き返しや聞き間違いが多いこと、雑音が多い場所では話を聞きとりにくいことなどが挙げられていた。

「原因は、聴力そのものじゃないかもしれません」

なりゆきで話しはじめてしまったものの、担任教師に説明しながら、忠司は少々ひやひやしていた。大学の先輩から、実習中の心得として、現役教員の指導法をくれぐれも尊重しろと忠告されていたのだ。

学校教育における常識は、時代によって驚くほど変わる。たとえば発達障害にしても、今でこそ世間一般にも認知され支援体制もととのってきたが、忠司が子どもの頃は、単なる変わった子、または扱いにくい子として、疎外されたり放置されたりもしていた。かつては珍しくもなかった体罰も、現在はご法度《はっと》だ。いかなる事情があろうと、手を上げたらたちまち大問題になる。おそらく職も失う。

一方で、現場に立つ教師の全員が全員、最新の知識を持ちあわせているとは限らない。近年の風潮をふまえつつ、あえて我流にこだわることもある。教師歴が長ければ長いほど、積み重ねてきた経験や練りあげた手法に、自信と誇りを持っているものだ。大学で習った最先端の教育法を得意げに開陳《かいちん》しようものなら、頭でっかちな若造がわかったような口を利くな、と不興を買いかねない。

幸い、担任教師はいやな顔ひとつせず、忠司の意見に耳を傾けてくれた。聴覚情報処理障害という用語は知らなかったが、これまで教えてきた児童の中にも、そういう特性があったのかもしれないと思いあたる子はいるという。ふたりで相談して、九九の練習法に改善を加えることにした。従来の、何度も唱えて耳から覚える、言うなれば聴覚式のほか、表やカードを目で見て頭に入れる視覚式も併用してみたのだ。試しにクラス全員にやらせたら、新方式を気に入ってくれた子がリンちゃん以外にも何人かいて、忠司は喜んで相手をつとめた。

そのリンちゃんと商店街でばったり出くわしたのは、実習も残り数日となった週末のことだった。

県外の大学に進んで寮暮らしだった忠司は、実習中は実家に戻っていた。三小の校区内なので、休日にも町内で児童としばしば遭遇《そうぐう》した。

「先生、こんにちは」

にこにこして駆け寄ってきたリンちゃんに忠司は挨拶を返し、後ろの母親にも頭を下げた。

「はじめまして」

「小田先生ですね。娘から聞いていています。お世話になっているようで」

母親も深々とおじぎした。

「いろいろとご迷惑をおかけしてしまって、恐れ入ります」

家で自分のことを話してもらえているのはうれしかったけれど、丁重に詫《わ》びられて当惑した。よくよく聞けば、娘が通常の授業についていけず、個別指導を受けるようになったと誤解しているらしかった。

「いいえ、とんでもない」

訂正しようとした忠司をさえぎって、母親はたたみかけた。

「この子はほんとにひとの話を聞かなくって。悪気はないようなんですけど」

当のリンちゃんは、洋菓子店の軒先で、ガラス窓に鼻先がくっつきそうなほど顔を近づけて店内のケーキに見入っている。おとなたちの会話を気にするそぶりはない。

「先生やお友達にも申し訳ないです。ごめんなさいね」

「いえいえ、そんな」

後から思えば、そこでおとなしくひきあげるべきだった。担任教師に認められ、子どもたちとの交流からも手ごたえを感じて、幾分調子に乗っていたのかもしれない。

「一度、専門家に相談してみたらいいかもしれません」

その場の思いつきではなく、前から頭にあったことだった。

「適切な支援を受けられれば、お子さんの負担も軽くなるかと」

今後の対応や利用できそうな制度について、忠司は率直に、しかし心をこめて話した。この種のことは、家庭の理解と協力が欠かせない。

ところが、母親はあからさまに顔をひきつらせた。

「うちの子がおかしい、っておっしゃるんですか？」

しまった、と思ったときにはもう遅かった。

「いえ、そういう意味では」

「個別に対応して下さるのはありがたいですし、ご面倒をかけて申し訳ないとも思います。でも、だからって、障害とか病気とか、そんな言いかたしなくても」

それこそ、障害や病気に対する偏見に満ちた言いかただ。つい反論しそうになり、ぐっとのみこんだ。

「すみません、あの、語弊《ごへい》があったかもしれませんが」

弁明しようとした忠司をきっとにらみつけ、母親は言い放った。

「この子は普通の子です」

娘のほうへさっと歩み寄り、両肩に手を添えた。

「ママ？　どうしたの？」

リンちゃんは不安げに首をかしげている。忠司たちの話は例によって聞いていなかったようだけれど、不穏な気配は伝わったのだろう。

「ううん、なんでもない。なんにも心配ないわ」

母親の視線はわが子に注がれていたが、その言葉はまぎれもなく忠司に向けられていた。挨拶もせず、娘の手をひっぱって足早に去っていく。

心底、落ちこんだ。またしても、やりかたを間違えた。

学習障害について大学で教わったとき、今度こそ、と思ったのだ。小学生の忠司はカワイを救えなかった。でも、正しい知識を身につければ、カワイのように苦しんでいる子どもを救うことができるかもしれない。自分なりに一生懸命勉強したつもりだったが、結局なにも変わっていない。年齢を重ね、人生経験も積んだはずなのに、無力な子どもの頃と同じ失敗を繰り返している。自分は正しいと過信した分、さらにたちが悪いともいえる。後悔と自己嫌悪で、胸が詰まった。

週明け、二年一組の担任教師に一部始終を報告した。叱責《しっせき》を覚悟していたが、もう少し言いかたを工夫すべきでしたね、と言われただけで、きつくとがめられはしなかった。忠司がしょげ返っているので同情してくれたのかもしれない。気がかりだったリンちゃんの様子も、ふだんと変わりなかった。別段、忠司を避けるふうでもない。母親の剣幕《けんまく》からして、学校にも苦情が寄せられるのではないかとびくびくしていたけれど、それも杞憂《きゆう》に終わった。ひとまず最悪の事態は免れたものの、だからといって気は晴れなかった。なにも知らない子どもたちが先週と変わらず無邪気にまとわりついてきて、いっそういたたまれなかった。

放課後、校長室に呼び出された。

高村校長とは初日に挨拶したきりで、まともに話すのははじめてだった。しどろもどろに事の次第を説明した。途中でいくつか質問を差し挟まれた。なぜそう考えたのか、どうしてそんなふうに言ったのか、問われるままに答え、いつしか卒論のことやカワイのことにまで話は広がっていた。

「進歩がないというか、成長できていないというか」

話しているうちにいよいよ恥ずかしくなってきて、忠司はうなだれた。未熟な自分自身を棚に上げ、子どもたちの成長を支えようと意気ごむなんて、そもそもおこがましかった気さえする。要領が悪く、思慮も足りない、こんな人間は教師に向いていないだろう。

「そうかしら?」

それまで聞き役に徹していた高村が、おもむろに口を開いた。

「小学生のときにあなたがとった行動は、確かに正しくなかった。でも、今回のことに関しては、間違っていないと思いますよ。その場しのぎじゃなくて、今後のために問題提起したわけでしょう」

慰《なぐさ》めたり励ましたりするふうでもなく、にこりともせずに言う。

「でも、親御さんを怒らせてしまって」

「切り出しかたは、もっと気をつけたほうがよかったでしょうね。だけど、相手の顔色をうかがって必要なことを言えないよりは、ずっといいですよ」

確信に満ちた声音には、独特の説得力があった。

「保護者の気持ちに寄り添うのも大事だけど、それも結局は子どものためです。子どもを支えるための手段であって、目的じゃない。遠慮しすぎることはありません」

頃合を見てリンちゃんの母親と話をしてみる、と高村は約束してくれた。

「ありがとうございます」

どなりこんでこられるのも困るが、このまま無視されてしまうのも避けたい。リンちゃんの聴覚にまつわる懸念は払拭《ふっしょく》されていない。親がその気になってくれない限り、学校も動きづらい。

「なにも文句を言ってこないってことは、その後思うところがあったのかもしれないし。ともかく、後は任せて下さい」

請けあってもらって、忠司の心は少し軽くなった。が、

「ひとつだけ、いいですか」

と言い足され、再び体がこわばった。

「もう少し、ゆったり構えてみてもいいんじゃないかしら。肩の力を抜くというか」

似たような助言は、二年一組の担任からも受けていた。そんなことを言われたって、こういう性分なのだからどうしようもない。ましてや、状況が状況である。

「緊張感がなさすぎるのも考えものだけど、ずっと気を張りっぱなしじゃ疲れるでしょう。先生がぴりぴりしてると、子どもも不安になりますよ」

淡々と諭された。これもまた、「結局は子どものため」ということだろうか。

「はい。気をつけます」

ぼそぼそと答えた。忠司だって、できるものなら高村のように泰然《たいぜん》としていたい。

「じゃあ、ちょっと練習してみましょうか」

「はい？」

「深呼吸です」

高村はきびきびと言った。

「息をととのえると、気分が落ち着きます。のどじゃなくて、おなかを動かすように意識して下さい」

授業中に子どもたちの注意をひきつけようとするときのように、ぱちんと勢いよく両手を打ち鳴らす。

「はい、いきますよ。息を思いきり吸って――」

忠司はとっさに息を吸いこんだ。

「少しずつ吐いて。細く、長く。おなかの中の空気を全部出しきって下さい」

ではもう一回、とうながされ、何度か繰り返した。忠司だけでなく、高村もおおまじめな顔つきで同じことをしている。

「どうですか？」

言われてみれば、全身から力が抜けていた。

深呼吸の効果、なのだろうか。大のおとながふたりして顔を突きあわせ、まじめくさって息を吸ったり吐いたりしている姿がどうにも滑稽《こっけい》で、脱力を誘っただけのような気もしなくはないが。

「じゃあ、最後にもう一度。目もつむって」

命じられるまま、忠司もまぶたを閉じた。かすかな息の音だけが部屋に響いた。

「小田先生は、いい教師になると思いますよ」

高村が唐突に言った。忠司は思わず目を開けた。せっかくととのえた呼吸が、乱れてしまった。

「そうでしょうか?」

われながら、心細げな声が出た。高村は瞑目《めいもく》したまま答えた。

「だって、困っている子どもを放っておけないんでしょう?」

相変わらず、有無を言わさぬ口ぶりだった。


打ちあわせをすませてから、忠司は大沢とともに体育館へ向かった。

「うわあ、たくさん集まりましたねえ」

机の上に並んだ品々を、大沢はうきうきと見て回った。

「これは、コンパス?」

「高村先生が新任だったときに受け持った方だそうです」

本人が学校までじかに持ってきてくれた。忠司自身が預かり、軽く立ち話もした。孫娘も三小に通っていると言っていた。

「やっぱり、お手紙は多いのね。ああ、連絡帳も」

教え子自身が保管していたものも、保護者の手で持ちこまれたものもある。わが子の成長の記念にとっておいたらしい。うちの子が本当にお世話になって、と頭を下げられて、忠司のほうが恐縮《きょうしゅく》してしまった。

「このブローチ、なつかしいな。お嬢さんが送って下さったのね」

高村のひとり娘とは、ついに明日、はじめて対面することになる。メールの文面は、よくいえば端的でそつがなく、悪くいえば少々そっけない印象だったが、どんな女性だろう。高村と似ているのだろうか。ちょっと緊張する。

式典で挨拶してもらえないかと打診したのは固辞《こじ》されてしまい、かわりに、かつて高村と同じ学校で働いていた元後輩が話をしてくれる予定だ。その後も友人としてつきあいが続き、高村が急逝《きゅうせい》する半月前にも会っていたという。あんなに元気だったのに、と電話口で声を詰まらせていた。

「小田先生は？　なにか出さないんですか？」

大沢にたずねられ、忠司は首を横に振った。

ここに陳列はできないけれども、校長室でのあのやりとりは、記憶にくっきりと刻みこまれている。お手本つきで深呼吸のやりかたを伝授してくれた高村のしかつめらしい顔つきも、忠司がいい教師になると言いきった厳《おごそ》かな声音も、ありありと覚えている。

あれをそのまま真に受けるほど、忠司は楽天的ではない。高村は教員の先輩として、また実習の受け入れ先の責任者として、教師の卵を元気づけようとしてくれたのだろう。それでも、真摯《しんし》な激励は胸に響いた。

「ありがとうございます」

忠司が礼を言うと、お礼はけっこう、とすぐさま言い返された。

「別に、小田先生のために言っているわけじゃありませんから」

少しばかり戸惑った。どこか高村らしくない、回りくどい言いように感じられた。お世辞ではないという意味か。それならそう言ってくれればいいのに。

「さっきも話したでしょう？」

忠司の困惑を見透かしたかのように、高村は続けた。

「全部、子どものためだって。わたしは子どもたちのために、あなたには教師になってもらいたい」

感情を表に出さない高村にしては珍しく、不敵な笑みを浮かべていた。

「そうじゃなかったら、考え直してほしいってはっきり言いますよ。小田先生には申し訳ないけれど」

あの日を境に、なにかが劇的に変わったわけではない。

教師になってからも、忠司は昔と変わらず気が小さい。あらたまった場では胃が痛くなりがちで、失敗するたびにくよくよと落ちこむ。まさしく深呼吸が必要な事態に、しょっちゅう直面している。

でも、じたばたしつつもどうにか続けてこられたということは、この仕事にそれなりに向いていたともいえるのだろうか。

「先生、なにやってんの？」

振り向くと、入口の扉の間から、女子がふたり顔をのぞかせていた。

「明日の準備をしてるのよ」

大沢が機嫌よく応えた。高村の愛弟子《まなでし》として多大な影響を受けているようだが、喜怒哀楽がわかりやすいところだけは似ていない。

「先週の朝礼でも話したでしょ。みんなもよかったら来てね」

子どもたちが顔を見あわせた。

「明日はピアノのお稽古がある」

「あたしは塾のテスト」

今どきの小学生は、おとな顔負けに忙しい。それに、彼女たちにとって高村は見知らぬ老人だ。三小での教育活動に貢献したという意味では、完全に無関係とはいえないにしても、十歳やそこらの子どもが面識もない相手を悼むのは難しいだろう。子どもたちのためを信条としていた高村も、無理に時間をとらせようとは望むまい。

「用事があるなら、しかたないわね」

大沢も存外あっさりとひきさがった。残念そうな顔つきに気がとがめたのか、ひとりがとりなすように言った。

「でも、先生たちの偲ぶ会をやるときは、来てあげる」

縁起でもないことを、ほがらかに言ってのける。

「あたしも」

この口約束が守られるかは、かなり疑わしい。若くやわらかい脳みその新陳代謝《しんちんたいしゃ》はめまぐるしい。近いうちに、ともすれば明日にはもう忘れられていても、驚くにはあたらない。

それでも、たとえば今年の五年一組の中にひとりかふたり、忠司のことを覚えていてくれる子どもがいるかもしれない。顔や名前は記憶から失われてしまっても、かけた言葉や教えた知識が、どこか心の片隅に残るかもしれない。

「じゃあね、先生」

「ああ、また来週な。気をつけて帰りなさい」

さようなら、と言い残して、ふたりは駆け出していった。

忠司は肩越しに壇上をあおいだ。高村校長が静かに微笑んでいる。午後の澄んだ陽ざしがこぼれる窓越しに、子どもたちの歓声が響いてくる。

本書は月刊『文蔵』二〇二三年六月号〜二〇二四年七・八月号の連載に、加筆・修正したものです。

この作品はフィクションであり、実在の個人・団体とは一切関係ありません。

〈著者略歴〉
瀧羽麻子（たきわ　あさこ）
1981年、兵庫県生まれ。京都大学卒。2007年、『うさぎパン』でダ・ヴィンチ文学賞大賞を受賞し、デビュー。2019年、『たまねぎとはちみつ』で産経児童出版文化賞フジテレビ賞を受賞。他の著書に、『左京区七夕通東入ル』など「左京区」シリーズ、『ありえないほどうるさいオルゴール店』『もどかしいほど静かなオルゴール店』『女神のサラダ』『博士の長靴』『東家の四兄弟』などがある。

さよなら校長先生

2024年12月19日　第1版第1刷発行

著　者	瀧　羽　麻　子
発行者	永　田　貴　之
発行所	株式会社ＰＨＰ研究所

東京本部　〒135-8137　江東区豊洲5-6-52
文化事業部　☎03-3520-9620（編集）
普及部　☎03-3520-9630（販売）
京都本部　〒601-8411　京都市南区西九条北ノ内町11
PHP INTERFACE　https://www.php.co.jp/

組　版	朝日メディアインターナショナル株式会社
印刷所 製本所	TOPPANクロレ株式会社

ISBN978-4-569-85820-3

PHPの本

人魚が逃げた

青山美智子 著

僕の人魚が、いなくなってしまって……逃げたんだ、この場所に——。本屋大賞4年連続ノミネート！　話題の著者が紡ぐ、新たな代表作。

PHPの本

マリアージュ・ブラン

砂村かいり 著

恋愛感情はない。手を繋いだこともない。世界でいちばん気の合う、大切な友人と結婚している——。一組の夫婦を描いた長編小説。

PHPの本

探偵はパシられる

カモシダせぶん 著

「パシリ」によって培われた、知識と経験で謎を解け――！　史上最弱の探偵にして最強のパシリが活躍する、新感覚日常系ミステリー。

PHPの本

夜と跳ぶ

額賀 澪 著

撮れるもんなら、撮ってみろ――。崖っぷちカメラマンとスケートボードの初代五輪金メダリストが繰り広げる、傑作スポーツ青春小説！

サブ・ウェイ

佐野広実　著

試験導入された地下鉄私服警備員として働く穂村明美。乗客たちが抱える様々な事情に触れながら、彼女は恋人の死の真相を追っていく。

PHPの本

森にあかりが灯るとき

藤岡陽子 著

夢を諦め介護士になった星矢は、施設「森あかり」の利用者と職員たちに心を救われていく。介護業界の未来と人の絆を描いた傑作長編。